KB003710

세나윤

우리는 따로 또 같이

사랑했고,
사랑하고,
사랑하걸

하현에

여 휘 운

우리는 늦게 피는
서로 다른 꼴이다

무슨 말이 더 필요하기에
글을 적어 내고
이따금 펴내어 읽고요
또 읽고요

당신의 계절은 늘 봄이었으면

이름 모를

가로등은 그림자를 비춘다

시, 흐르다 053

김새운

하현태

여휘운

황수영

도승하

김새운

눈앞에 보이는 세상에 숨어들 곳이 보이지 않을 때
글자들 속으로 들어가 숨을 쉬고
한 낱말에 기대어 하루 종일 울기도 했습니다
어떤 날 어느 순간에든
원하시는 글자 속으로 들어와
마음껏 쉬었다 가실 수 있는 곳이 되기를 바랍니다

instagram   @_sae.woon
email   saewoon367@gmail.com

『체리맛 마음들』

하현태

사람이 좋아 글을 쓰기 시작했고, 글을 통해 좋은 사람을 만났다. 이제는 좋은 사람이 되기 위해 글을 쓴다.
시집 『유음』 등을 썼으며, 『시슐랭가이드』(공저), 『싱싱한 생각을 팝니다』(공저)를 기획했다.

instagram   @hateahatae
email   htym19@naver.com

『만남이 피어나는 계절에 우리는 헤어졌다』

여휘운

하루의 끝,
행복의 둠.

행복을 숨겨두었습니다.
보물찾기의 술래

세상에는 쉽게 찾을 수 있는
행복이 참 많습니다.

아프면서도,
소중한
그런 세상입니다.

instagram   @dreamer_pluto
email   dkdladpf@naver.com
blog   blog. naver. com/dkdladpf

『증후군』

시인의 말 98

황수영

생애 처음으로 그리움을 글로써 가두고
젖은 눈꺼풀을 매만지며 해방감을 느꼈다
나의 술잔을 가득 채워라
나의 살점이 될 것이니
천지사방에 비명이 낭자하여도
이제는 헤어나갈 방법을 아나니
제일 먼저 알 수 없는 얼굴로 글을 담을 테니

instagram   @thebambique
email   peace___1@naver.com

『나의 만월들의 색과 체 그리고 비명』

도승하

아픔을 소리 나는 대로 썼더니 울음이 되었습니다.
나는 매일 울고 있지만 그것이 슬프지 않습니다.
아픔을 덜어내고 있는 것이니까요.
오늘도 내 손끝에서 태어난 글자는 울고 있습니다.
그렇게 모든 아픔을 쓰고 있습니다.

『우리는 사랑했지만, 사랑하고 있지 않았다』

김새운

『체리맛 마음들』

케이크 위 설탕에 새빨갛게 절인 체리

그 체리 맛이 전부인 줄 알았는데

처음 생과일 체리를 먹어본 날

체리 과즙이 입 안에서 시끄럽게 터지던 날

체리 속 체리의 맛

김새운

나침반

눈보라가 휘몰아치던 날
장갑 한 켤레 없이
손톱 밑이 파래지도록 걷고 또 걸었다
발자국을 따라서

당신이 남긴 발자국이 나를 어디로 데려가는지
추위를 잊어버릴 만큼 몰두하던 겨울
나를 두고 멀리 떠나온 것이
너인지 나인지

나는 이제 구별하는 일에 지쳐서
무엇이 투명하고 불투명한지
사랑인지 미움인지
그리움인지 외로움인지
당신은 누구인지

발자국 위로 자꾸만 눈이 쌓인다
자국이 자국이 아니게 될 때까지
내가 길을 잃을 때까지

자기소개

남자는 이제 막 서른이 되었다고 했다
이젠 무슨 일을 할 건지, 돈을 어떻게 벌 건지
여태 이뤄놓은 것들, 그걸 어떻게 해냈는지
주저리주저리 늘어놓는 이야기를 그냥 들었다

내 앞에 놓인 거울을 보고 생각한다
내가 늘어놓을 이야기는 무엇일까
제 마음은 겨울이고요 저는 시계가 싫어요
다정한 고양이와 살고요 삶은 무채색이랍니다
유령이 걸어 다니는 도시를 꿈꾸고
눈을 뜨고 보내는 밤을 생각하죠
책은 마셔버리고 바다는 찢어 보관해요

증명되지 않는 이야기들을 끊임없이
잣대를 댈 수 없는 낱말들을 하염없이

이걸 듣는 사람들이 아연실색 도망치면
또 그 이야기를 깔깔대며 하는 거야
그래도 내 얘기가 다 맞다는 걸
알게 될 날이 올 거야

호러 필름

물 위로 누우면 그보다 편안한 침대가 없었다
사람들로 북적이지 않는
늦여름의 푸른 수영장에서 그렇게
한참을 누워있다가 섬칫

누가 날 보고 죽었다고 생각할 수도 있겠다고
죽은 사람과 잠든 사람을 구별해야 할 때
깨어나지 않는 사람을 두고 지르는 비명
여름은 한참 늦었고
공포영화는 좋아하지도 않지만
날 보고 누가 찢어지는 비명을
내지르는 상상을 했다
내 표정은 웃지 않았지만 히죽 웃었다

파란 수영장 덕분에 창백해 보였을 피부
미동도 없는 입꼬리로 하는 거짓말
물에 잠긴 귀로는 바깥소리가 안 들린다고
누가 나를 쿡 찌르기 전까지 시간을 벌어본다

감히 누가 찔러보겠어
새하얗게 물에 누운 몸을
툭, 건드려봐도 무시하다가 상황이 심각해지는 것

같으면 빙글 돌아 일어나야지

커다래진 눈동자들을 보고
가장 소름 끼치게 웃을 거야
재미없어요? 저런, 실망인 걸까요?

물 위로 살짝 드러난 살갗을
아침인데도 제까짓 여름 햇볕이
붉게 만들 때까지
불행히 아무도 오지 않더라고

단잠은 끝이 나고 아쉬움은 뚝뚝 녹아
이 나무로 된 마룻바닥이라도
전부 망가뜨리면 좋겠어

걱정인형

친구는 항상 작은 인형을 데리고 다녔다
학교에 갈 때는 책가방에,
여행을 갈 때는 크로스백에,
침대로 갈 때는 손바닥 안에
작고 귀여운 곰인형
연보라색 리본을 단 웃는 얼굴이
친구였는지 그 인형이었는지

친구 말로는
그 인형이 걱정을 대신 먹어준다고 했다
작은 아가 너는 그 큰 걸 어떻게 먹니
그럼에도 나는 친구의 걱정을
곰인형이 다 먹어주길 바랐다
잔뜩 먹어 치우고 남는 것 없이 폭식해주렴
그래도 너는 여전히 웃는 얼굴

외딴섬으로 여행을 간 친구는
그 인형을 거기서 잃어버리곤 엉엉 울었다
괜찮아 괜찮아 너는 거기서 걱정을 잃어버린 거야
거기에 모든 걱정을 두고 온 거야
새로운 인형을 사자
내가 또 연보라색 리본을 달아 줄게

그렇지만 우리 둘 다 알고 있었지
어느 것도 그 작은 곰인형과 같을 수 없다는 걸

외딴섬의 곰인형은 이제 무엇을 할까
어쩌면 바닷가에서
오래도록 이어질 소화를 하고 있을지도
그리움 같은 건 남아있지 않을지도

이상 기후

천장에 등을 대고 눕는다
응시하는 나의 눈빛은 조명이 되지 못하지만
체온들이 머무르는 이곳

온도가 다른 두 곳 사이에는 바람이 분다
집 안에서 집 안으로 내쫓긴 사람은
누구보다 빠르게 기척을 알아차린다

천장에는 버려진 기억들이 자주 달라붙는다
자식들 모르게 시큰해졌던 손목이나
엄마 모르게 우느라 숨을 참던 아이의 신음
화목한 그림을 위해 지었던 웃음
수조 속 구피들의 외딴 비명

제아무리 새로운 생명이 태어나도
천장 아래 면적은 공평히 주어지지 않았으므로
창문가의 화분보다 고요해지는 법을
먼저 익혔다

눈을 감기 직전에야 다들 으레 천장을 본다
나는 오래전에 버려진 기억의 모양으로 그들을
마주할 것이다

괴롭히는 일을 멈추지 않을 것이다
몇 해 전 벽에 달았던 선풍기가 내어주는 달콤한 바람이
이내 나의 바람을 씻어낼지도 모른다

이곳은 기억들의 온도로 들끓는다
집결하여도 쏟아져 내릴 방법이 없는 이상 기후
누군가는 이것을 불면으로 부르고
여름을 핑계 삼아 열대야라고 부른다

다들 결국 집으로 돌아올 것이다
천장의 기후를 느끼는 것은 한 때일 뿐이니까
나는 전부 목격하였다

큐앤에이

나는 오늘 살 거야
나는 사실 죽어있어
이 두 문장 사이에 내게는 거리가 없다
어떤 길이도 넓이도 부피도 수치도 단위도 없다
도저히 떼어낼 수 없는 OHP 필름 두 장
앞뒷면의 구분도 없이 투명하고
순서조차 알 수 없고
명확히 아는 건 그저 문장이 두 개라는 사실

어느 면을 보여주면 사람들은 안심하고
다른 면을 보여주면 다들 안절부절못한다
무엇이 그렇게 다른가요
무엇이 당신들을 이렇게 불안하게 하나요
나는 왜 또 죄를 짓나요
무지개를 바라보는 낭만을
내게도 보여줄 수 있나요

바람에 펄럭이는 현수막에는 오늘도
나더러 수고했답니다, 오늘도
날짜변경선을 지나는 사람들처럼
나도 변하지 않았습니다

사탕나무 암호해독

엘리는 늘 그랬던 것처럼 모자를 눌러쓰고
일을 하러 나갑니다
이제 사탕나무의 열매가 조금 여물어서
벌레가 꼬이기 시작했거든요
오늘 할 일은 열매를 감싸주는 일입니다

엄마는 엘리가 열두 살이 되기 전까지
알려주지 않았어요
집에서 딱 스무 발자국만 걸어가면
엄마가 일할 때 신던 장화, 모자,
바구니가 걸려있는데
그 나무에서 사탕이 열린다고는
엄마도 이모도 방학마다 놀러 오는
사촌 언니들도 말해주지 않았죠

그래서 엘리는 믿지 않았어요
엄마가 열두 살 생일날 밤
평소처럼 굿나잇 키스를 하러 와서는 대뜸
"사실 저 나무들은 다 사탕나무야,
 우리 집의 비밀이지."
했을 때 말이죠 엘리는 황당했고
열매랍시고 쥐여준 사탕도 먹지 않았어요

밤새 벌레들이 야금야금 다
먹어 치울 때까지도요

다음 날 아침 엄마는 엘리와 함께
다섯 그루 사탕나무 밭을 거닐고
잘 익은 사탕들을 입에 넣어주었죠
그제야 엘리는 믿었지만 슬퍼지기도 했어요

엄마 내가 이걸 여덟 살에 알았다면
동네에서 나만큼 인기 많은 아이도 없었을걸
나는 친구가 하나뿐이잖아
엄마는 그래서 열두 살까지 기다렸다고 했습니다
더 이상 사탕으로
친구를 꾀어낼 수 없는 나이 즈음까지

사탕나무가 자라는 건 우리 집의 비밀이야
증조할머니도 이모할머니들도 엄마도 이모들도
아-무에게도 말하지 않고 우리만 조용히 길러서
흔하디흔한 포장에 넣어서 팔고 또 기르는 거야

이유를 알 수 없을 때 사탕나무 밭을 거닐어보렴
어떤 말이 들릴 때까지 나뭇잎을 수천 개 읽고

나무 한 그루를 꼭 껴안고 그늘 아래 숨어보렴

엄마는 이제 없어요 엘리는 이유를 알고요
엘리, 사랑하는 내 친구가 하는
거짓말 같은 이야기를 나는 아주 쉽게 믿었어요
사탕나무 잎이 어떻게 생겼는지
보지 않고서도요

대신 이 이야기를 처음 들었던 날의 일기를
나중에 엘리의 아이에게 보여줄 겁니다
아, 사탕 맛에 대해 깜빡 잊고 적지 않았네요
나무마다 다른 맛인데
피스타치오 크림 맛을 가장 좋아해요

아가, 이 이야기가 믿기지 않는다면
얼른 밭에 뛰어가서 이모가 걸어둔 빨간 이름표의
열매를 먹어보는 거야
그리고 엄마는 왜 이제야 알려주는 걸까, 하는
볼에 톡 튀어나오는 불만이 녹을 때까지
계속해서 거기 있어 봐
참! 유난히 네모난 열매는 먹지 않는 게 좋아
대체로 조금 떫거든

엘리와 함께 사탕 열매를 꽁꽁 감싸고 집에 들어와
선풍기 바람을 쐬며 물었습니다
나한테는 왜 알려준 건데? 사탕나무의 비밀
엘리는 무심하게 대답했습니다
네가 나보다 더 잘 이야기해줄 것 같았거든
포지에게

엄마가 맞았니 포지?
지금은 한창 사탕나무 꽃 피는 계절이네
꽃잎은 말려서 차로 만들 수도 있어
곧 자전거를 타고 차 마시러 갈게
드디어 이 일기를 보여줄 수 있겠구나
생일 축하해, 포지

부엌의 세계

우리 집 부엌에는 같은 색깔의 냄비, 국자
어쩐지 색이 다른 주걱 하나
같이 한 데 걸려있어도 너는
혼자잖아

너에게도 기분이 있다면 말야
있잖아, 네가 쟤네와 같은
그러니까 똑같은 오렌지색이어도
실은 사람들은 늘 그런 기분이야

나는 그래본 적이 있거든
죄다 같은 옷을 입고 같은 머리 색을 해도
어차피 다들 혼자란다

아무리 팔짱을 끼고 손을 잡아도
포옹을 하더라도 내가 네가 될 수 없잖아
주걱이 국자가 될 수는 없는 것처럼 말이지

같이 고민을 해보자
냄비가 끓어오르는 동안
오렌지빛이 바래는 동안

구인구직

나는 여러 개의 나를 만들었어요
ctrl+c, ctrl+v 같은 단축어가 없어서
시간이 꽤 오래 걸렸어요
공들여 만든 것은 티가 나게 마련인데
내가 들인 공은 반대 방향이랍니다

당신이 진품을 찾아내지 못하니 나는 즐거워요
가장 날카로운 질문을 가져와 봐요
내가 붉어질 수 있는 지시약을 만들어 봐요
나라면 신을 수 없는 유리 구두를 들이밀어요

그 무엇도 나를 구별할 수 없을걸요
도발처럼 들리겠지만 이건 구걸이에요
치명적인 것으로 부탁해요
살을 뚫어서라도 귀걸이를 걸어 줄래요
아예 베어버린 흉터로 표시를 내어 줄래요

흠결 없는 나의 모조품을 잔뜩
난도질해줄 차가운 손을 가진 사람을 찾아요
공감 능력 결여자 우대
시간 약속에 철저한 사람 우대
무엇보다, 무정한 사람 우대

전시장

그에게 삶은
컵에 물이 반이나 있네, 반밖에 없네 하는
말장난뿐인 헛짓거리와는
거리가 멀다고 가깝다고도 할 수 없는
다른 차원의 도형이에요

그에게 유일한 무기는
반듯한 기억력이 전부
입력된 것을 지울 줄은 모르고
틈만 나면 제멋대로 구간 반복되는
멍청한 녹음기죠

그의 흐르는 시간과
언젠가부터 헐거워진 코르크 마개 때문에
유리병 안에 담아둔 눈물들이
전부 맛이 변해버려요
색도 향기도 방울의 모양도
전부 전부 모조리 아무리 애를 써도

그는 화를 낼 때 피아노 소리를
울 때는 심벌즈 소리를 내요
그렇지만 아무 상관 없을 걸요

어차피 당신들은 듣지 못할 테니까

아는 만큼 보이나요
아뇨 당신은 그가 보이고 싶은 부분을
발췌하여 전시한 것을 봅니다
모두를 위한 그의 큐레이션을요

기도 이후의 기도

네가 나를 잊기 시작하는 때와
내가 너를 잊기 시작하는 때가
절대로 같을 수 없다는 슬픔

누군가는 삼천 번씩 절을 하고
누군가는 촛불을 불어 끄고
누군가는 손깍지 끼고 눈을 감는다

기도들은 어느 문을 지나 신에게 당도할까
각기 덩치가 다른 기도들은
순서를 기다리는 법을 몰라서 때로는
문이 꽉 막혀버리는 거 아닐까
컨베이어벨트 같은 건 천국에 어울리지 않잖아

어느 기도들이 문에 들어가지 못하고
서로 잡아먹고 덩치가 커져서
비가 되어 내리는 게 아닐까
그래서 다들 비가 슬프다고 하는 게 아닐까

웅덩이에 고여 버린 기도 속에서
벌레들이 태어나기 시작하고
어쩐지 그 장면을 놓치기 싫더라고

그래도 나는 오늘 초를 켜고
양손을 마주 잡아
비가 내리더라도

우리 집

언니들과 나는 한 집에 살았다
매일 곁을 잃어버리고 사람들의 곁을 관찰하다
그런 사람들끼리 모여 집을 이루고 살았다

언니들은 이미 한집에 살고 있었다
희수 언니가 나를 이 집에 불러줬다
모두가 나를 환영해줬다, 소현 언니만 빼고
소현 언니는 나를 노려보았고
박수도 치지 않았다
언니들은 그런 소현 언니를 가만 내버려 두었다

소현 언니는 말했다
쟤는 여기 오기엔 별로 불행해 보이지 않는데?
언니는 숨결이 들릴 만큼 가까이 다가와
나를 발가벗길 작정을 한 눈빛으로 훑었다
심사가 끝나고 언니는 여전히
나를 노려보았다

다른 언니들은 그제야
소현 언니를 말리기 시작했다
괜찮아 소현아 걱정 마 소현아
누구도 우리 집을 행복하게 하려 들지 않을 거야

우리에게 어둠은 충분히 남아있어
누구도 이 집에 불을 밝히지 않을 거야
우리가 가만 안 둬

소현 언니는 그제야 소리를 질렀다
언니는 입고 있던 원피스를 벗어 던지고
때가 잔뜩 탄 오렌지색 체중계 위에 올라섰다
있어야 할 곳에 한참 미치지 못한 화살표
언니의 몸은 볼 필요도 없었다

여기 내 자리가 없는 걸까
다른 언니들은 다 괜찮다는데 믿어지지 않았다
나는 어느새 소현 언니처럼 날 노려보았다

그 집 부엌에는 칼이 한 자루도 없었다 가위도
나는 모두가 보는 앞에서
수조에 얼굴을 처박았다가
체리색 리본으로 목을 조였다
리본을 조이는 내 손 위로 손이 하나 겹쳐졌다
소현 언니였다

언니는 더 이상 나를 노려보지 않았다

리본을 풀어주던 눈은
물고기도 살 수 있을 것 같았다
나는 언니를 소파에 앉히고
언니가 벗어 던진 원피스를 몸 위에 얹어주었다
체리색 리본을 언니 손목에 예쁘게 매어주었다

여기 있으면 뭔가를 계속 잃어버리게 될 거야
다들 원래 이름을 잊어버리게 된 것처럼
드디어 찾았다 곁이 필요 없는 곳을
나는 찬장에 있는 쿠키 포장지에서 이름을 따왔다

언니들은 메이라는 이름을 마음에 들어 했다
안녕 메이, 마침 의자가 하나 남아있어
거실의 의자는 전부 벽을 보고 있다
드디어 만났다 침묵이 허락되는 우리를

어느 봄

버스에 멍하니 앉아 있다가
내려야 할 정류장을 놓쳤다
다음 정류장에 내려 걸어갈 때
발자국마다 따라붙는 서러움에
황급히 시선을 흩뜨려 무언갈 찾아야만 했다

눈길이 멈춰 선 곳은 어느 학교 담장 벽화
탁해진 하늘빛 벽에는 무지개구름 사이를
고래가 작은 물고기가 꽃과 나비가 넘실댄다
그 앞을 조금 덜 작은 아이들이 내달린다

까르르, 웃을 것 같지만
아이들은 그렇게 웃지 않는다
아이들은 겨울눈을 비집고 나오는 목련처럼 웃고
그것들은 민들레 홀씨처럼 날아간다

내달리며 웃는 아이들은
벽화 덕분인지 헤엄치는 것 같다
아닌가, 아이들 덕분에 벽화가 파도치는 것일까
무엇이 먼저인지 생각하기도 전에
희미하게 눈이 휘어지는 게 좋았다가 이내 궁금해져서

벽화에 가까이 다가가 고래 눈동자를 자세히 본다
작은 물고기 꼬리와 나비 날개도
너희 정말 헤엄칠 수 있어?
손가락을 대었다

차갑고 거칠고 딱딱한 벽과 멈춰버린 그림을 두고
나는 재빨리 걸음을 떼었다
죽어버린 것끼리 통해버린 것 들키기라도 할까 봐
역시, 했던 마음으로 까르르 웃어버린걸
누가 듣기라도 할까 봐

오늘은 화창한 봄이었다
나 하나쯤 숨어버릴 곳은 많았다

보존의 법칙

무더운 바람이 불어와도
손부채질밖에 할 수 없을 때 가끔
익숙한 학교 종소리를 듣는다
소리를 따라 얌전히 내 자리에 앉는다

과학 선생님은 오늘도
우리가 몹시 마음에 들지 않는 눈치
나는 곁눈질로 칠판을 바라보고
선생님은 그 무엇도 사라지지 않는다는 말을 했다
그럼 수조에 떨어뜨린 한 방울 빨간 물감은
어디로 가는지
오늘은 하필 3일이어서 선생님은 내게 물었다

떨어진 물감이 어디로 갔는지
물 분자 사이로 파고들어
붉은 기를 감추는 방법을 생각하다
나는 잠시 더 멀리 다녀온다
무엇도 사라질 수 없다니
무엇으로도 사라질 수 없다니

찬 바람이 부는 걸 보니 냉방을 시작했나 보다
종소리가 들리지 않는 곳에서

빨간 물감 한 방울의 나와 커다란 수조 속
틈이 허락되지 않는 세계에
물고기가 등장하는 것을 상상했다
물속에서 숨을 쉬는 것을 상상했다

우정은 여기까지

바다 사진을 아주 크게 볼 수 있는
전시회에 다녀왔다
나는 바다에 몇 살에 처음 가보았더라
엄마 손에 이끌려 해수욕장에 갔을 때에는
사실 그냥 집에 가고 싶었다
물이 물이지 뭐 다른 게 있겠나, 싶었다
나는 신발이 젖는 게 참 싫었다

나는 바다를 몇 살에 그리워하게 되었더라
안면도에서 나는 신발과 양말을 벗어들고
가장 작은 파도 앞에 섰다
다리를 접어 앉아 손을 들고
파도가 오길 기다렸다
손가락 사이로 파도 알갱이가 빠져나간다

바다는 파도는 친구 삼기 참 좋은 곳이구나
가만 앉아있으면 와서 하이파이브, 해주는구나
나는 점점 더 큰 파도 앞을 서성인다
손으로는 부족해
나의 온몸을 휘감아 빈틈없이 안아줘
돌아갈 때도 나를 데려가 줘

일곱 살 어린 동생은 그게 무슨 친구냐고 했다
제멋대로 왔다가 언니를 데려가지도 않잖아
아가 나를 데려가지 않는 건
그가 내 친구이기 때문이란다
내가 아무리 땅을 싫어해도
나를 여기 두어야만 하니까
바닷속에 내가 찾는 게 있어도
친구는 그만 여기까지

내 동생은 계속해서 어리둥절했다
아가 그러니까 언니가 밤에 양치하고 나면
뭐라고 하지?
"초콜릿 사탕 캐러멜 금지!"
언니는 너를 사랑해서 그런 거야
네가 아무리 먹고 싶다고 울먹거려도 말이야

그래도 있지 가끔은
찬장에 몰래 숨겨둔 캐러멜을
한 번만, 하고 꺼내주고 싶을 때도 있다는 말을
해주기에 내 동생은 너무 어렸다
그렇지만 바다도 가끔 이런 생각을 할까
한 번만, 하고 나를 저 물 밑으로

데려가 주고 싶다고

너는 내 좋은 친구라서 그러지 못할 거야 아마
난 썩 좋은 언니가 아니라
언젠가 초콜릿을 꺼내줄 테지만
내 동생이 더 자라면
나보다 더 좋은 언니가 되어줘
그 애는 신발이 젖는 것도 싫지 않은
용감한 아이거든

나는 바다를 몇 살에 사랑하게 되었더라
그건 내 동생이 일곱 살 즈음이었나보다

Romantic Winter

겨울의 색조는 파스텔
뿌옇게 김이 서린 유리창 밖의 불빛들과
운동장에서 눈싸움을 하는 아이들의 붉어진 뺨과
사랑하는 사람이 사랑하는 첫눈을 바라보는 눈

나는 여름을 좋아해 빛이 촘촘해서
사진 찍기에 좋아서
그래도 너는 더위는 질색이라고 해서
너는 추운 날의 붕어빵과 얼어붙은 한강이 좋다고
그래서 겨울을 기다린다고 해서
내 머리를 겨울 색으로 물들였다

나는 잠깐 동안 겨울 사람으로 살겠지
파스텔색은 내게 어울리지 않는다고 생각했지만
네가 기다리는 사람이 되면 좋을 것 같아서
질색하는 더위가 찾아오면
추운 나라로 여행을 가자
나는 추위를 모른다는 듯이 웃을 수 있을 것 같아

너는 나랑 가끔 떡볶이 먹는 시간을
강가를 걷고 내가 셔터를 눌러
내가 너를 기록하는 시간을

즐거워해 주면 좋겠다
우리가 친구가 된 날부터
나도 겨울을 기다리는 것처럼

녹는점

솟아오르는 물줄기 사이를 가르는 어린이들이
활짝 웃는다
이 부분에서 기억이 산란된다는 걸 알고 있다

분수대에서 쏟아지는 물에 대고 셔터를 누른다
왜 누르고 있는지 생각할 시간을 주지 않고
물은 솟구친다
분수대를 처음 만들기로 했던 사람들의 마음도
광장을 자꾸 찾아오는 사람들의 마음도
나는 알지 못한다

남은 사진들을 차곡차곡 개켜둘 작정이었다
물줄기의 모양이 내게 질문을 던지기 전까지

녹아내려 본 적 있어?

질문이 오기 전에는
확실히 대답할 수 있을 줄 알았는데
셔터마다 다르게
얼어버린 물줄기의 질문을 뒤에 두고
입술이 쉽게 떨어지지 않았다

녹아내린다는 건 모양을 잃어버리는 일
형상을 벗고 매초 다른 얼굴을 하는 일
나의 표정은 좀체
변하는 일이 없었다는 것을 알기까지
한숨도 흐르지 않았다

나는 아마 녹아내려 본 적이 없었다
신의 지팡이, 갓 태어난 하트, 어린아이의 날개
물줄기는 그렇게 셔터보다 빠른 속도로
모양을 잃어버린다

광장에 다시 찾아가면 이번에는
내 모양을 잃어버릴 수 있나 해서
내 다른 얼굴을 포착할 수 있지 않을까 해서

우리 실험을 하자
언제쯤 내가 녹아 없어지는지
광장의 배롱나무와 나만 아는 관찰 일지를 썼다

Morph

그것들은 발이 없다
아니 정확히는 발자국이 없다
한참을 떠올릴수록 그것들은 희미해진다

다들 이곳에서는 겹눈을 갖는다
이곳에서만 나의 몸을 벗어날 수 있으므로
나는 비로소 이주를 한 셈이다
짐짝을 싣지 않아도 되는 간편성을
다들 알아챌 수 없어도

우리는 앞을 보는 동시에 옆을 보고
나를 향해 매섭게 날아오는 새를 보면서
그 새를 마주하는 나의 표정을
거울 없이도, 본다
이곳에서 살다 보면 차차 익숙해질 것이다

하지만 그것들은 늘
나의 몸 안에서 발생하고
기억 외에 그것을 증명할 방법은 없으므로
누가 누구를 귀속하는가, 에 대한 질문에
명쾌하게 답을 내릴 수도 있다

이곳에서는 할 수 있는 것이 별로 없다
호랑이의 이빨보다 먼저
그 눈빛이 나를 잡아먹었던 것도
대수롭지 않은 사건이 될 뿐이니

그것들은 내 안에 살고
나는 그것 안으로 이주한다
오늘은 새집에서 차를 끓여 마셨다
조금 전에 생겨난 흔들의자는
내가 20년 동안 썼던 것이다

벌써 새집으로 편지가 온다
얼굴을 모르는 사랑하는 이로부터

Off-White

타들어 가는 빗소리

언젠가부터 투명 우산이 많이 생겨나는 게 좋았다
아슬아슬 서서
빗소리를 들을 처마를 찾아다녔다
가려지지 않은 하늘이 필요해서

타들어 가는 빗소리

빗방울 사이 공간에서 고요가 새어 나온다
온갖 것들이 비에 부딪혀
소리를 내는 동안에도
시끄럽다곤 해본 적 없었다

타들어 가는 빗소리

누군가는 이걸 들으면서 잠에 든다더라
빗소리는 타들어
나는 이걸 듣고 잠에 들어
커튼을 들어 올려 눈꺼풀을 쓸어내려
나의 침대는 젖어 들어 이제야 발을 꺼내 들어

가라앉을 준비가 되었단다

Happy Ending

너의 죽음을 기념하자
커다란 암석 아래 깔리고 싶어 했잖아
영영 보고 싶지 않다고 외치며 살게
네 생각 따위 하지 않는다고 일기에 적을게

너의 연서들을 태우면
나비가 날아가
네가 줄을 당기면 해가 지고 달이 떠

너는 정말로 바다 아래로
해를 가라앉힐 수 있는 사람

햇빛이 들지 않는 심연의 물고기들은
빛을 빼앗긴 줄도 몰라서
육지 동물들의 삶이 우스워져

너는 많이 웃게 될 거야
이제는 빼앗길 게 없을 테니
악몽이라 부를 게 남아있는 삶들을
마음껏 비웃으렴

Paper Cut

작가는 웃음이 많았다
그녀를 웃게 하는 건
반짝이는 스팽글과 물비늘
오래된 목재 문이 열리고 닫히는 끽끽 소리
관절 인형이 스스로 움직이는 상상
그리고 종이에 베이는 손가락

책을 꼭 두꺼운 종이로 만들고
이 책이 누군가의 악몽이 되어주기를
사람들이 머리맡에 걸어두는
깃털 장식품 같은 건
거뜬히 이겨 주기를

추위에도 환하게 웃고 있는 작가를
사람들은 참 밝은 사람이라고 했다
이길 생각도 질 생각도 없었던 걸 모르면서

더 많은 종이를 세고 또 센다
책을 많이 읽으세요
허투루 돌아가는 손가락을 많이 만들어 봐요
내가 더 많이 웃을 수 있게

You와 미지수와 상관계수

눈을 떠 보니 응급실이었다
기억이 나는 한, 그랬다

살면서 몇 개의 칭찬을 들었는지 세어 본다
산수로는 도무지 헤아릴 수 없는 게 너무 많다
계산식은 점점 복잡해져서
녹색 칠판을 가득 채웠는데
∴는 쓸 수가 없었다 그러므로

다른 식의 헤아림을 해 보자
녹아 없어질 뻔했던 칭찬과
맥반석처럼 이글이글했던 면박
잊혔던 생일과 때늦었던 미역국과
겨우 밴드로 짓이겼을 뿐이라 못나게 남은 흉터

어지럽지 않으세요?
혈압이 너무 낮아요

살면서 몇 번이나 괜찮다고 했는지
세는 일은 포기하는 편이 빠르겠다
그걸 물었던 사람들은 몇 생각이 난다
나는 거짓말을 꽤 잘하지만 하기 싫었다

솔직하게 대답하면 어쩌려고 그런 걸 물어요
용감한 사람들이야

계속 누워계시고 불편하시면 벨 눌러주세요
여보세요, 제가 지금 응급실이라
오늘 출근이 … 네, 네 … 감사합니다

다른 사람의 걸음걸이를
나만큼 오래 들여다볼 수는 없을걸
내게 씩씩하게 걷는다고 말해준 사람들
미워하지 않을 테니 조금만 더 오래
비틀대려고 할 때 한 번만

$n=$자연수일 때 모든 것은 의미 없음
$0 \leq x \leq n$일 때 $\therefore y=$ 사랑할 수 없음

하현태

『만남이 피어나는 계절에 우리는 헤어졌다』

내 글이 그리되길

읽는 당신과 쓰는 내가

여태 사랑했고

여전히 사랑하고

앞으로도 사랑하길

그렇게 영영

우리가 되길

그런 당신이 좋아서

당신은 나의 낭만 속에 살죠
늦더위가 기승인 아침이면 당신이 있는 곳으로 떠나요
그곳은 시끄럽지만 고요하고 수다스럽지만 편안하죠
깊은 심호흡과 함께 책상을 정리해요
그럼 당신은 여전한 미소와 함께 돌아오죠
그런 당신이 좋아서

당신의 인사말은 가볍게 토닥이는 위로처럼
지친 일상의 그림자처럼 살며시 드리웁죠
산들바람 같은 상쾌한 기분
당신의 진심이 적힌 종이에 손가락을 대면
살며시 소곤거리는 목소리가 들려오죠
그런 당신이 좋아서

그런 당신을 만나서
그런 당신을 곁에 두어서
변하지 않는 친절과 미소와
여전한 쑥스러움이 좋아서

울렁거림

창가에 앉아 산책로를 바라보며
스쳐오는 실루엣이 너인가 싶어 급하게 눈을 뎄다가
목소리가 낯설어 실망하길 1시간

바람은 이미 따스해질 준비를 마쳐
이따금 커피 내음과 함께 거닐지만
나는 무엇이 그리 추워 한껏 움츠리고

턱을 떨며 모자를 덮어쓰는지
어제 불었던 말풍선이 너무 큰 탓인지
그 속에 많은 걸 담으려 애쓴 탓인지

나무는 앙상해진 지 오래다
색소 바랜 나뭇잎 모양만이
언뜻 무섭게 자리를 지킨다

창가에서 조금 떨어진 자리로 옮긴다
벌어진 간격만큼 창가를 덜 보겠지
몸이 멀면 마음도 멀어진다는 흔한 한 줄에 기대본다

그러나 방금도
화사한 옷차림과 벙거지를 쓴 일행을 보며
너일까 싶어 울렁이는 속을 부여잡았다

사과의 새빨간 거짓말

사과는 잔디밭을 나뒹굴고 싶었을까
그건 새빨간 거짓말일 거야

가만히 바람에 몸을 맡기고 콧노래를 흥얼거리는 것만으로
도 살아갈 수 있는 나무를 떠나
다람쥐도 사람도 벌레도 한 입씩 물어보는 잔디밭을 구르
고팠다는 새빨간 거짓말을 위안 삼아

때가 되면 모두 떨어지고
몇몇은 꼭지를 뜯겨 노란 대야에 담겨 떠나지

나는 사과 같은 사람이고
너는 잔디밭 같은 사람이라

결국 비참할 것을 알아도
온몸을 던져 나뒹굴겠지 사과를 위안 삼아

기어코

창문에 연하게 비친 네 그림자에도
내 심장은 법석을 떨고
귓가에 흐리게 스친 네 목소리에도
내 머리는 유난을 떤다

흐리고 연한 너에도
선명코 짙게 반응한다

사랑은 결국 병이라
일상에 네가 묻어있다면
기어코 앓는다

기어코 아파서
약도 시간도 무의미해질 때쯤
다 닳아 해진 흔적을 끌어안고
기어코 사랑한다

찢어진 편지지의 번진 글자만큼

나를 기억하나요 당신
그 모든 감정을 떠안고 어제를 살아가는
안아주는 이 하나 없는 나를

당신은 화사하게 빛났죠
어찌 저리 환할 수 있을까 싶을 만큼 웃으며
달콤한 꽃 내음처럼 내게 왔죠

나는 기억합니다 당신을
그 모든 감정을 껴안고 오늘을 살아가는
화사하고 빛나는 당신을

내일의 나는 어떤가요
당신처럼 해맑을 수 있을까요
당신만큼 사랑받을 수 있을까요

찢어진 편지지의 번진 글자만큼 사랑합니다
이른 저녁에 머금은 커피만큼 사랑합니다

자국을 남길지언정 포기치는 않았다

나의 애쓴 어제가
너의 오늘과 내일이 되길 빌었다

타고난 걸음걸이는 덤벙대서
넘어지기를 수십 년이었지만
포기치는 않았다

가끔 돌아보면
온전치 않은 발자국
일정치 않은 발자국
간혹 쓰러진 몸자국

타고난 덤벙댐에
가끔 포기코자 했지만
멈추지는 않았다

자국을 남길지언정
포기치는 않았다

대뜸 느닷없이

우리는 대뜸 연락해야 한다
부지런히 살다 서로가 궁금하단 이유만으로
목소리를 잊을 것 같다는 이유로 전화를 걸고
안부가 궁금하단 이유로 짧은 인사말을 보내야 한다

꺾인 목으로 향을 내는 꽃처럼
쪼그라들고 색이 바랜 꽃잎처럼

희미한 과거에 살며 미미한 미래를 헤매며
결국 녹아 없어질 얼음을 기어코 넣어 마시며

우리는 느닷없는 연락을 주고받아야 한다
평범한 일상에 묻은 서로를 기억해내야 한다
그저 그런 하루에 서로를 덧그려야 한다
단지 그런 이유만으로

정성스레 화병에 담긴 꽃처럼
까치발을 들고 세밀히 보게 되는 꽃잎처럼

그렇게 대뜸 느닷없이
우리는 이어져야 한다

소심하게 하트

언제 밥 한번 먹자
그래 좋아

다시 울리지 않아도 좋았다
조금만 올려도 보이는 대화는 딱딱했다
너머의 표정마저 굳어 있으면 어쩌나 걱정하면서도 반가
운 마음은 사라지지 않았다

일 분, 일 초라도 나를 생각해주길 바라는 마음에 안부를
물을까 싶다가도
그래 우리가 그럴 사이는 아니지, 라는 파도에 휩쓸리기
를 여러 번

그래 좋아
마지막 말풍선을 꾸욱 눌러 본다
답장은 못 해도 소심하게 하트 하나 남길 수 있으니까

기약 없는 약속을 꾸욱 눌러 본다
딱딱한 대화라도 이어가고픈 마음을 꾸욱 눌러 숨긴다

선물에 담긴 것은

덜컥 내려앉는 기분을 아는가
잡다한 생각에 멍해지다가도 결국
아쉬움에 휩싸여 정신 차리는 기분을

비닐 속에서 여전히 기다리는 그것과
따로 부탁한 포장지 속 그것과
그 시간 속 마음을

그 모두를 두고 홀로 왔음을
마지막까지 고민한 결론이
결국 후회임을

그 모든 선물에 담긴 것은
더럭 내려앉은 기분뿐임을

소나기와 뜨거웠던 손가락

소나기 내리던 그 오후 나란히 앉은 평상의 습한 공기
유난히 어색한 손짓과 문득 마주치는 눈길에 놀라 돌아
보기를 몇 번

웃음 섞인 헛기침이 터지면 너는 입을 가렸고
나는 입꼬리를 올리며 머리를 어색하게 털었지

시작된 대화는 유난히 깊었다
눈도 제대로 못 보면서 그리도 즐거운지

타닥타닥
빗방울이 튀어 오를 때마다 들키지 않을까 걱정하며 시
선을 피했다
몇 번이나 돌아보게 될 걸 알면서도

아주 잠깐 맞닿은 손가락은 뜨거웠다

날씨 때문인가
그 새 열이 오른 걸까
아님 너도 날

첫 키스

네 이름보다 달콤한 말이 있을까
아름다운 별 아래 사랑스런 그대
무엇 하나 빠지지 않는 완벽한 밤

찬 공기와 차츰 겹치는 그림자
닿을 듯 멀어지는 손과 애써 정면을 보는 눈

오가는 평범한 대화
무엇보다 행복한 웃음과
누구보다 따스한 목소리

너보다 사랑스런 이가 있을까
아름다운 별 아래 달콤한 네 이름
무엇 하나 잊기 싫은 소중한 밤

침묵이 어색하지 않은 시간
함께 바라보는 풍경과 닿아버린 손

멋쩍은 웃음 속 붉어진 얼굴
풀어진 긴장에 맞잡은 손과
조용히 감은 눈

카메라맨

카메라 뒤에서 보는 세상은
작은 주제에 많은 것이 담겨 있다

바람에 스치는 파릇한 나뭇잎
유난히 파란 하늘을 떠다니는 하얀 구름
테라스에 앉아 커피를 마시는 너

카메라 뒤에서 보는 세상은
작은 주제에 많은 것을 담고 있다

눈을 감고 한 모금을 마시는 너
머금은 향긋함에 행복한 모습의
불현듯 날 보고 기쁘게 웃는 너

카메라 뒤에서 보는 세상은
작은 주제에 많은 널 담고 있다

얼음이 녹은 아이스 초코

사랑은 얼음이 녹은 아이스 초코 같아
시럽을 쏟아도 토핑을 마구 뿌려도
결국 얼음이 녹으면 물맛만 나는 게

내일을 노래하던 달콤한 목소리는
구겨지고 누레진 이부자리처럼 잔뜩 망가졌고
내 뺨을 스치던 부드러운 손길은
텁텁한 사막을 횡단한 발처럼 잔뜩 뭉개졌다

이렇게 식탁에서 마주한 너는
게걸스럽게 숟가락을 퍼 올리며 다음 반찬을 쳐다봐
내가 앞에 있는데도

또 시작이네
너는 늘 그렇게 말을 시작해
그럼 내 잘못인가 싶어 고민하게 돼

갈게
언제는 웃어주며 이마에 입을 맞춰주더니
이제는 짜증을 내며 문을 닫아

토핑을 넣어볼까 시럽을 쏟아볼까

맹물에 무슨 소용일까

한 번 녹은 얼음은 다시 못 얼려
그러려면 컵이 몽땅 얼어버리니까

하물며 음료가 그런데
우리라고 별 수 있을까

만약은 없어

만약에 말이야
만약은 없어

뜯어진 하얀 플라스틱 의자에 마주 앉은 나는 입을 다물었
고 그 사람은 허공을 바라보며 빨대를 물었다 그 사람의 입
술은 만약은 없다고 말하면서도 미세하게 떨리고 있었다
저걸 이야기하면 술이 써서 그렇다는 말도 안 되는 변명을
할 것이 뻔했다

그래도 만약에 우리가 헤어지면 어쩌지
만약은 없어

그 사람은 여전히 단호했고 나는 그런 모습이 좋아 웃어버
렸다 옆구리가 터진 김밥처럼

내가 왜 좋아
만약은 없으니까

혹시 있을지도 모를 뜻밖의 경우가 없는 사랑에 나는 조금
지쳤을지도 몰라 그런데 그 사람은 여전히 단호하구나 겁
을 들이키면서 입술의 진동을 숨기면서

우리는 만약이 없는 사이구나

낡은 가로등만 수다스러운 밤 그 사람은 여전히 별 하나
없는 허공에 눈을 두고 떨었다 나는 애꿎은 신코만 못살게
굴었지 신코는 내 마음처럼 짓눌리고 찢어지고 까매지고

만약은 없어
만약에 말이야

이별 안내 문자

대피음이 웨엥 울린다 그럼 나는 급한 볼일을 팽개치고 내
달린다 자국만 남은 반지도 빼곡한 일기도 속삭이던 이어
폰도 그 웃음도 나는 맨몸으로 내달린다 함께 읽던 책도 함
께 입던 옷도 함께 보던 영화도 그 채취도 나는 홀몸으로
내달린다 그 모든 것을 팽개치고 시끄러운 대피음을 피해
홀로 내달린다 간신히 도착한 1층은 다 갈라져 끓는 연기
가 벌떡 일어나 신나게 춤추고 있다 우당탕거리며 식기와
식칼이 6층에서 떨어지고 쿵쿵대는 옷장이 10층에서 낙하
한다 보잘것없는 두 팔로 하늘을 가리고 평야로 내달린다
떨어지는 위험이 없는 그래서 떨어질 위험만 남은 평야로

나를 기억하시나요 당신

흔적만 남은 벚꽃을 구경하는 이른 점심
긴 한숨은 건너편 산책로의 철쭉으로 피어나고
나뭇가지의 붉은 흉터는 보기 흉한 무언가

봄을 기억하시나요 당신
그 모든 감정이 아파하며 시작된 나날을
포근하게 안아줄 누군가를 기다릴 수밖에 없는 연약함을

벚꽃과 함께 떠났죠 슬프게도
만남이 피어나는 계절에 우리는 헤어졌죠
그래서 이번 봄은 추웠어요

어쩌면 더웠을지도 모르죠 어울리지 않게
시간이라고 느긋할까 감정도 눈치 없이 앞서는데
하물며 사랑은 어떤가요

새살이 돋아나는 이른 점심
정체 모를 철쭉도 곧 지겠죠
흉터마저 사라질 거야

나를 기억하시나요 당신
그 모든 감정을 떠안고 매일을 살아가는
안아주는 이 하나 없는 연약한 나를

형체나 현상 따위가 차차 희미해지면서 없어지다

텅 비어 아무개가 오가는 마음
그대는 역시나 없어 나는 외롭고
역시나 외로운 나의 마음
그대의 발자취 떠올리다 텅 비었네

수도 없는 고민의 끝에는
또 다른 고민 있고, 또한
묘한 두려움 있네

그저 간단한 문장 하나 그러나
나에게 있어 천금과 맞바꿀 한 줄
그것을 찾아 떠나는지
떠났기에 찾지 못하는지

어벙한 나의 하루, 나는 외롭고
손가락과 마음은 따로 놀아, 나는 괴롭고
괜히 찢어지는 가슴, 나는 스러진다

벚꽃이 눈처럼 나리는 오후

벚꽃이 눈처럼 나리는 오후
한가로이 즐기는 커피 한 잔에
왜인지 떠오른 네 이름

같은 자리서 나누었던 웃음을 기억한다
이제는 홀로 앉은 그 자리에서
자꾸 떠오르는 네 이름을 꿀꺽 삼킨다

얕은 한숨에는 여전히 네가 있다
기껏 깊은 응어리를 지웠건만
차마 치울 수 없었던 그 엷은 기억을

눈처럼 벚꽃이 나리는 오후
조용히 죽이는 시간 속에
너와의 추억이 담겨 있다

커피에 담긴 쓰디쓴 기억
마지막까지 아파하며 모두 삼켜야지

벚꽃이 나리는 오후만 되면
자꾸만 떠오르는 네 이름을

문득 사랑스러운 그대

문득 사랑스러운 이가 있다
무엇도 남겨두지 않고 떠나
모두를 기억하게 만든 이가

기어코 사랑해야지
텅 빈 마음을 품에 안고

대뜸 생각나는 이가 있다
전부를 가지고 떠난 이가
대부분을 남기고 간 이가

기어코 끌어안게 만드는
이미 떠난 그대의 허상

그림자마저 사랑했기에 그림자처럼 사랑한다
그저 머무르며 그렇게 떠날 수 없이
끝끝내 지워지지 않을 만큼

문득 사랑스럽지만
결국 떠난 그대를 여전히

아파트가 크림색으로 빛나는 시간

미적지근한 바람을 즐기는 잎들의 웃음소리
눈앞의 광경이 따사로와
감긴 눈으로 공원에 앉았다

거창하게 들이쉰 숨에는 무엇이 섞여
이리도 향기로운지

파도처럼 내뱉은 공기에는 무엇이 함께여서
이렇게나 개운한지

찬찬히 눈에 담으려 해도
그 좁은 틈을 찢어버리듯 단숨에

아파트가 크림색으로 빛나는 시간
그저 나무 의자에 앉아 숨을 쉬는 것만으로도
세상을 다 가질 수 있는 초저녁

나는 무엇에 미련이 남아
이번 여름마저 사랑하는지

더위 먹은 가을

그렇게나 더웠던 바람이 한층 가벼워졌다
어리광이 길던 햇살도 철이 들었는지 일찍 귀가한다

석양은 벌써 탐스럽게 물들었고
산과 구름은 수를 놓은 듯 아득하다

기분 좋은 한숨이 넓게 퍼지는 방
나지막한 피아노 소리에 자판을 두드리다
이따금 들려오는 자동차의 바쁜 발소리에 귀 기울인다

가벼워진 바람에 맡긴 손가락 자국을 따라 길을 나서면
어느 여름의 네가 두 팔 벌려 기다린다
찾아온 가을을 저 멀리 쫓아내고

더위 먹은 가을은 제 발로 떠난다
뜨거운 볼을 두드리며 한 발짝
몽롱한 눈을 비비며 두 발짝
환히 웃는 너에게 세 발짝

다만 이따금

다만 생각나거나
이따금 떠오르거나
누군가를 그리워한다
가끔 아무 생각도 없을 때

여유가 넘쳐 지겨울 때
눅눅한 공기에 짜증이 나고
꿉꿉한 바람에 신경질 날 때

비는 가망 없고 해는 기미 없을 때도

다만 떠오르거나
이따금 생각나거나
누군가를 그리워한다
가끔 생각이 많아질 때도

한창 바빠 정신없을 때
선선한 바람에 숨통이 트이고
청명한 공기에 웃음이 날 때도

다만 생각나고 이따금 떠오른다

레몬 물

레몬이 있었던 물
그토록 진했던 노랑은 어디 가고
그리 상쾌했던 과즙은 어디 가고
레몬이 있었던 흔적만 연하게 남은
물 한 컵

시원치도 달지도
그렇다고 상큼하지도 않은
그저 그런 물 한 컵

연해지고 연해져서
결국 흔적만 불쾌하게 남은
마지못한 물 한 컵

그 한 컵에 담긴
그 어떤 연해져 버린
그토록 진했던 무언가

의식적으로 살려 한다

의식적으로 웃으려 한다
반가운 내일의 네가 없음을 알아도
웃으며 그 카페에서 시간을 죽이려 한다
짓누른 기억 속 감정마저 짓물러도
그리 않으려 한다

분명히 숨 쉬는 감정을 깊게 눌러
내일이 없음을 알더라도 정녕

의식적으로 잊으려 한다
그리운 네가 내일 없음을 알아도
잊은 체 그 자리에 앉으려 한다
죽은 시간 속 마음마저 죽더라도

생생히 살아 움직이는 시간을 움켜쥐며
네가 없음을 호소하더라도 정녕

의식적으로 살려 한다

절망하다

화면이 반짝일 때면 심장이 내려앉았다가
심호흡과 함께 두 번 눌러도 보이지 않는 네 소식에 가라
앉기를 온종일
검은 화면에 비친 표정은 어찌 저런지

무시해야지, 안 볼 거야
3분이면 무색해질 결심을 5분마다 되뇐다

절망(切望)하다 절망(絶望)하길 일주일

깊게 내쉰 한숨에 혀끝까지 아리고
터진 기침에 목젖까지 따가운데
손으로 가려도 손가락 틈까지는 막을 수 없듯
어쩔 수 없다고 생각한 게 한 달

머릿속의 우린 늘 함께인데
함께 누웠던 침대에서 눈을 뜨면

너는 새벽에 떠났나 봐 소리도 흔적도 없이
네가 완벽하게 떠난 아침은 어찌나 습하던지

점과 점 사이

선풍기 바람에 들썩이는 종이 쿠폰이 덕지덕지 붙은 책장
에는 무슨 사연이 있을까
왼쪽에서 비춰오는 조명에 반짝이는 책들에는 누구의 이
야기가 있을까

설레는 누군가의 크리스마스 노래를 들으며 비 오는 창
밖을 가끔 바라본다
문밖에서 우산을 털고 들어오는 누군가에 자꾸만 시선
을 빼앗긴다

아무 소식 없는 휴대폰을 두 번 두드려 깨운다
손목을 흔들어 시간을 확인한다
다시 창밖을 바라본다 그리고 두 번 더 두드린다
실망해도 한 번만 더 마지막으로 한 번만 더

점과 점 사이에는 어떤 사연이 있을까…

노래는 끝나가고 올해도 곧 지나가는데
내년의 우리라고 다를까

들썩이는 종이 쿠폰에서 너의 이름을 찾는 것도 이제는
그만둬야 한다

조명에 비친 책을 펼쳐 너와의 이야기를 떠올리는 것도 마지막이다

설레는 크리스마스 노래는 우리를 노래하지 않고 창밖에는 가을비가 쏟아진다
두리번거리며 빈자리를 찾는 사람은 네가 아니니까 눈을 돌리면 안 된다

그럼에도 점과 점 사이에는 여전히…

조금 꼬질꼬질한 너

비 오는 날 부여잡은 우산이 무거워도
젖어 들면 열감기가 고얀 가루약과 찾아오니
애써 참고 걸어야 한다

조금
꼬질꼬질한 네가
한껏 슬픈 얼굴로 내 방에 찾아오던
그날이 불현듯 찾아올 테니

10초 남은 깜박임에 발걸음을 재촉해야 한다
흘러 지나간 비슷한 실루엣에
반쯤 건넌 건널목을 거슬러 오를 뻔해도

이 거리를 지나면 나올 사거리에서
우연히도 만날 수 없는 널 기대해 본다

모두가 사랑에 흠뻑 젖어
함박웃음으로 서로를 걱정하며
좁은 우산 속에서 어깨를 껴안고 달아난다

나는 우산 속에서
추위서인지 떠올라선지

떨고 있는 어깨를 붙잡고 걸음을 재촉한다

그렇게 도착한 자취방은
유난히 춥고 넓다

돌아갈 수 없는 휴양지의 고급 레스토랑

달콤함만 머리에 남고
나머지는 잊힌다

함께 했던 순간을 삼킨다
미세한 순간마저 떠오르고
짧은 강렬함에 탄식하며
마지막의 마지막까지 음미한다

잘게 찢어지고 위액에 녹고
맛도 향도 형체도 남지 않게 될
함께 했던 순간을 기억한다

문득 떠오르지만
결코 돌아갈 수 없는 휴양지의 고급 레스토랑
영영 붙은 가격의 맛처럼

수 초의 행복을 한가득 담고
작게 잘게 부수고 찢으며 기뻐본다

꼭꼭 씹는다
꼭, 꼭 기억한다

그날이 올 때까지

너의 목소리 한 모금에
약간의 사랑을 되새김질했다
심장은 뜀박질을 멈추고
오지 않을 설렘에 잠 못 드는 날

서슬 퍼런 새벽의 달빛에 널 게워냈다
익숙지 못한 따스함에 놀라서
남김없이 전부를

다시 눈을 뜨니 네가 있었고
또 한 번 따사로운 목소리를 한 모금 주었다
나는 눈물을 흘리며 다시 삼켰다

뜬눈으로 파란 달빛을 껴안은 채
게워낸 널 도로 삼킨다
심장이 뜀박질을 멈추고
오지 않을 널 보게 될 그날이 올 때까지

쓰기 쉬운 사랑 시

사랑을 쓰기 싫었다
허공을 쥐는 기분이 싫었다
그래서 시를 쓴다

다만 보편적이란 이유 하나 때문에
결국 사랑이었다

허공을 쥐고 다 가진 듯 기뻐한다
결코 보지 못할 사랑 때문에

쓰기 쉽단 이유로 사랑을 쓴다
빈손에 힘을 주어 세상을 가졌다 망상하며
끝내 지우지 못한다

결국 사랑이다
온 세상이 사랑이다

결국 갖지 못할 사랑을
마지막까지 사랑한다

도하가

애처롭게 사랑스러운 나의 임아
그곳은 먼 곳임을 알면서도 마지못해 떠나는 나의 임아
모든 걸음이 무거워 가쁜 숨을 몰아쉬면서도
끝내 긴 여정을 마칠 나의 임아

저 너머는 벚꽃이 만개한 곳
향 내음에 생각을 잃고 멍하니 웃을 수 있는 곳

나는 얇고도 두꺼운 유리 너머서
멍하니 웃는 널 바라보며
허공을 쓰다듬겠지 애처롭게도

몇 갈래든 깨질 준비가 된 심장을 부여잡고
마모된 손톱과 짓무른 손가락과 찢어진 쇠를 긁는 성대로

애처롭게 아름다운 나의 임아
찬란히 빛나야 할 오늘을 어제에 남겨두고 떠난 나의 임아
남은 내일은 내게 남겨진 짐으로 두면서도
끝내 긴 여정을 마친 나의 임아

홀로 떠난 꽃놀이가 무엇이 기뻐 그리 웃는지
무엇이 그리 즐거운지

파편도 남지 않은 심장은 반짝이고
앙상하게 남은 다섯 뼈다귀로 잘그락대고
다 마른 샘은 부서져도

그 모든 슬픔은 나의 몫으로 두고
그 많은 기쁨만 가져간 나의 임아

흔한 부러움

입가에 맺힌 한마디 입술은 얼어붙고
오르지 않는 비행기에 걸터앉아 엔진의 공명에 넋을 잃어도

가령 비가 오는 구름의 이면은 밝다거나
밝은 구름의 이면은 어둡다거나 하는 흔한 상상과

괜히 오지 않은 내일이 두렵다거나
이미 끝난 어제를 놓지 않는다거나 하는 흔한 집착에 기대어

그토록 흔한 꿈에 살아도
저토록 밝은 미소 지음에

아쉽다거나 안타깝다거나 하는 측은은 없고
흔한 부러움만으로 지그시

아이스 초코

빨간 천으로 만든 꽃잎을 베고 앉은 지층의 두꺼움

혼탁고 매캐한 구름은 이윽고 알맹이를 이루고
빗물은 두툼해지고 바람은 대차지고
우뚝 솟은 기둥만이 투명타

점차 낮아지는 지층은
어느 시원함이 녹아 다시 두꺼워지기를 반복하고
기둥은 혼탁하다 맑아지기를 반복하다
구석구석의 이물질에 점차 매캐해지고
지층을 뚫은 부분만 어색하게 더럽다

빨간 천으로 만든 꽃잎을 베어 만든 바닥의 얇음
나룻배에 묻은 먼지는 결국 떨어져 온갖 곳에 묻어난다

다만 꽃잎은 붉고
단지 투명타 믿을뿐

여태 혹은 벌써

멀어진 하늘과 반짝거리는 파도와 짙어지는 단풍과
여태 피어있는 벚꽃
혹은 벌써

햇살만큼이나 따가운 눈초리
측은일까 부러움일까

넷이나 모인 남정네는 여태 철이 없어
신발을 동댕이치고 방파제에 모여 앉아

모두가 무르익는데
홀로 홍조 짓는 벚나무
여태 쑥스러운지 불그스레 웃는데

노래하듯 떠오른 바다는 얇은 바람에도 꺄르륵

인중을 타고 들어오는 짠내는 어쩐지 달큰해
입술에 앉은 파도는 반짝이고 하늘은 먼데
벚꽃만 여태 혹은 벌써

뚜벅뚜벅

차곡차곡 겹친 내일의 하나하나 사이에 끼워둔 한 송이를
찾지 못하겠습니다
쉬어가려 넣어둔 쉼터를 잃어버리고 그저 뚜벅뚜벅

뻥 뚫린 산책로
상쾌할 줄만 아는 바람만 이곳저곳에서 불어오고
다만 걸을 줄만 아는 나는 여기서 저기로

찬 바람에 닿은 땀방울은 금세 결정(結晶)을 맺고
결정(決定)할 줄 모르는 발바닥은 금세 진물 범벅

여기저기 끼워둔 한 송이를 찾지 못하겠습니다
화사하게 펼 줄 모르고 이것저것 겹치기만 했더니
결국 잃어버려 하염없이 저곳으로

뚜벅
뚜벅

여휘운

『증후군』

고독은

증후군처럼

누구나 가진

원인 모를 눈물인데

외로움이란 착각은

차별의 가시를 세우고

거울 속을 찌른다

짧아서 더 아름다운 가을처럼

당신의 고독도

아름답길

10월의 마지막 밤, 여휘운

두 갈래 길

나를 인질로
나에게 하는 요구

나와만 갈 수 있는 길
걸어가길
거울과 가위바위보 하는 길

가장 잘 이해하는 길
가장 큰 위로되는 길

두 갈래 길이 보이지

하나는 나의 길
하나는 거울의 길

거울 속 나와의 이별
멀어지는 끝의 끝

물음의 답도
다음 물음에게
우로보로스
뫼비우스의 띠의 길

서로 반대 면을
사이로 걸어가는

인질범과 인질의
증후군

스톡홀롬 증후군

나를 위한 찬가는
무채색

검은 삶 속
태양마저 짙은 회색

새하얀 씨앗에서
검은 세상만 보고
검은 물만 먹고
명도만 높여가네

그들의 노래는
주인공의 색

음영에 불과한
가려진 말풍선

무슨 죄를 지었길래
생각마저 숨기는지

나의 색을 앗아간
범인은

나

대학 생활

손을 씻다가 팔뚝에 튄 물방울
그런 존재였다
한 번 인지하고 신경도 안 쓰다가
어느새 보면 사라져 있는 그런 존재
아니 사라졌는지 확인도 않는 존재

그럼에도 속으로는
하얀 벽지에 검은 티를 원했다
그 명도가 너무 옅어서
풀꽃처럼 자세히 보아도
긴가민가할 정도의 티

여러 개의 물방울이었으면
여러 개의 티였으면
하고 바라면서도 바라지 않았다

그저 하나의 연약한 점으로
차가워진 쇠창살에 붙은
결로가 되어 사라졌다

점이 모여 선이 되지만
팔 뻗지 않는 점은

여러 선들 사이
수은일 뿐이었다

스스로 완벽한 동심원이라 생각하다
스스로 파괴하고 사라지는
점.

집시人

얼음색 조명
허공에 담긴 빛의 아우성은
바다로 떠나버린 집시

모서리에 적힌 초고
마중물의 기아에
들뜬 아코디언을 켜는
왼손잡이의 동그라미

깨진 화분에 물을 주는
곁바람에 실린
헝가리안 랩소디

같은 무늬
다른 패턴의 저항
이파리로 만든
잎사귀의 편지

종이로 만든 배는
젖었는지
건넜는지

바다엔
파도도 잠시

오르골은 신나도 슬프다

노래하고 싶어도
곁에 온 누군가가 열어줘야
부를 수 있다

누구를 부르는지,
하염없이 같은 구절을
반복한다

어쩌면 우리도 오르골일지 모른다

혼자서도 괜찮다며
혼밥을 하고,
혼술을 해도,
생각보다 기쁘지 않음은

누군가와 함께이고 싶은
노래 부르고 싶은 오르골이
우리 안에 있어서일지도 모른다

외로움은
누군가가 있어야 느낄 수 있는
아이러니일지도 모른다

젖어가네

달력에 걸어놓은 달
외로이 변해가는 모습이
부러워

사적사적 쌓이는 비
가벼이 덮는 방울들이
부러워

내 신세는 바뀌지도
함께하지도 못하는
빈 A4지 한 장

빈 그네 밀어주는 바람
내 맘 모르고
이리 빙긋 저리 빙긋
녹소리가 부끄럽네

바람에라도 날려
빙글이고 싶은데
그네도 미는 바람이 약한지
종이가 무거운지
하염없이 손길이나 기다리네

아침 풍경

한낮의 매미 울음
뒤흔드는 깨진 머리

사이다인 줄 알고
들이킨 마지막 이슬이
아직 피를 돌고 있네

의자 위엔 어제 고른
옷가지가 한가득

밤새 돌아간
선풍기는 더위 먹은 듯
토해내는 뜨거운 숨

소득 없이 쓴
시간과 돈의 빈자리만
외롭게 쓸쓸하네

피가 나오는 3초 동안

가장 아픈 게 뭔지 알아?
종이에 베이는 거

아무런 위협이 없는 상대에게
믿는 사람에게 상처받는 거

사람은 마음을 쉽게 줘
수많은 흉터에 경계심이 높아도
어느 순간
같은 상처에 아파해
마음 사이의 육교가 짧거든

지문처럼 전부 다 다른 사람들이지만
끊어진 육교에 슬퍼하는 건 같아
건너는 사람은
끊어질 거라는 생각을 하지 않거든

그럼에도
계속 건너

외롭거든

알몸의 Blue스

직장 끝에 있는 물은
어떤 이의 슬픔인가

고단한 오늘을 보내는 술이었나
똑같은 내일도 버티는 다짐인가

체한 듯이 살아가는 하루를 위한
끊임없이 아래로 비산하는
아버지인가

고독한 한 길
갈래 없이 이어진 동굴의 끝은
다른 슬픔

벗어봐야 아는
다른 눈물

Lonely night

오늘 밤 달빛은
오래 머무르려나

이 빈자리 좀
오래 채워주려나

오는 이 없는
쓸쓸한 이불이
나만큼 차가워서인가

반짝
반딧불이의 깜빡임 한 번에
온기를 빼앗긴
달빛이 간다

베개는 축축이
젖어간다

구두쇠

마음 주기 꺼려졌다
마음은 등가가 아니었다
되돌아오는 것은 상처였다

점점 인색해졌고 나와만 주고받았다
나에게 상처받을 리는 없으니까

실들이 끊어지며 고치가 되었다
아무도 찾지 않는 헌책방이 되었다
꿈을 꾸지 않는 스크루지가 되었다

마음은 등가가 아니었다
나와 주고받는 내 마음도

못쓰게 된 마음들은
이름도 없는 돌이 되었다

하루하루 돌탑만 쌓으며
소원조차 빌 수 없는
혼자가 되었다

조숙증

서른견이 오는지
시큰하고 저릿한
허리와 어깨

전에 없던
행복과 보람에도
미지근해지는 감정

몸도
마음도

청춘들은
너무 빠르게
어른이 되었다

환경호르몬이 아닌
현실호르몬에 의해

나의 20대

너는 왜 그래?
라는 말에
말문이 막힌다

나는 나라서 그래
라는 말이
늘여진 새총처럼 팽팽하지만
내 입은 줄을 놓을 용기가 없다

묵묵히 비읍과 시옷을 들을 뿐이다
그들은 돌이 되어 쌓여가지만
줄을 놓을 용기가 없다
끝없이 아래로 가라앉을 뿐이다

나는 나의 파수꾼인 줄 알았는데
나는 나의 양치기 소년이었다

늑대에게
양들이 죽어가는데
돌을 꽉 문 채
혼잣말도 거짓말인
어린 소년

두려움에
돌조차 버리지 못하는
어린
소년

별부름

오랜만에 찾아온 별에게
내 마음 보낸다

몇만 광년은 걸릴 테니
나한테도 없고
별한테도 없는
진공을 떠도는
그런 마음일 것이다

공허를 찬찬히 채우다 사라졌으면
오롯이 미지근히 별에게 닿았으면

한 켠 가벼워진 나는
무거워진 몇 방울의 별을 내려주고

돌아간다

위장

하얀 수면 위
백조의 그림자

발버둥의 거품 속
푸른 달

우아함을 위해
달을 잊고
자신을 잃는다

리마 증후군*

바람도 외로운 방
전기장판 위에서
까먹는 귤

귤은 행복할까
살면서 죽는 순간까지
항상 누군가와 함께인 것이 좋을까

귤의 장송곡은
서영은의 혼자가 아닌 나

하나씩 잘라서 넣는데
하나가 한 소절씩 남기는 유언
하나하나 반박하는 혀와 이들

후끈해진 온도를 낮추고
껍질도 하나씩 휴지통에

문득 흥얼거리는
노래

"나는 항상 혼자가 아니야"

오물거리는 마지막 한 조각의 발악

*리마 증후군(Rima Syndrome) :
인질범이 인질에게 동화되어 공격적인 태도가 완화되는 현상

아직도 이상해?

이상하다는 말을 들을 때마다 붙이는 하얀 벽지
천장과 바닥까지 온통
비움으로 채워진 세상은
쇠창살 없는 감옥

감옥은 나를 찾기 위한
활자 없는 자기계발서였고
나는 비로소 내가 해야 할 것을 깨달았다

하얀 우주를 비우기 위해 색을 모험하며
하얀 나를 지워갔다

이상하다는 말이 들리지 않을 때쯤
우주는 생기를 찾아갔다

붉은색 물방울 은하수와
살색의 별, 영혼의 암흑먼지들
아름다운 우주가 비릿하게 빛났다

마지막 최후의 별을 위해
나를 존재할 수 있게 해준 것들에
칼을 박아 넣는다

왕따

숨의 박자가 달라도
걸음의 모양이 달라도
관용의 벽은 높다

타인이 보기에
담장이 무척 낮은 사람이라도

조금은 다른
외모, 신체, 언어를 알게 된 순간
담은 벽이 되고
개개인의 벽은 모여 성벽을 이룬다

이상한 사람은 순식간에
성 밖의 사람이 되고
거대한 눈동자가
감시탑에서 내리꽂다

중력보다 거대한 시선에
바닥에 안긴 현장보존선

성벽을 두른 폴리스라인
성문에 걸린 척화비

차별

아름다운
별을 차는 사람들

별을 별대로
있는 대로
빛나는 대로
볼 순 없을까

모두가 각자의 별이 있는데
아껴주고
보듬어 주고

소중히 생각하면 안 될까

별을 차는 사람들은
다른 사람이
자신의 별을 찬다는 걸 모를까

오늘 하늘도
별천지

아아

아아에 든 감정은 어떨까?

세상에 베인 고독한 얼음
삶에 지쳐 쓰다만 커피
어떻게든 살아보려는 시럽

얼음을 세상처럼 씹는다
머리가 아프다

얼음조차
감당하기 힘든 나

뜨아를 먹기엔
세상이
너무 차갑다

자갈

소중한 사람일수록
감정에 솔직해진다

더 크게 웃고
더 서럽게 울고
더 쉽게 화를 낸다

그 관계가
끝나지 않을 거라
생각하며

해소되지 않은
감정의 자갈들이
여유라는 주머니를
다 채우고 나면
제풀에 지쳐 떠나간다

깊이에 따라
주머니의 크기는 다르지만
우리는 그 남은
여유를 알지 못하고
계속해서 자갈을 던져 넣는다

그 좋은 사람이
할당량을 다 채운
공산주의자처럼
뒤돌아 떠나갈 것을
모른 채로

Solitary Wolf 1

"무리 밖은 위험해"
엄마 늑대의 말

돼지 삼 형제의 삿대질
빨간 망토의 곁눈질
양치는 소년의 돌팔매질

똑같은 아이인데,
혼자라서 인가

똑같은 늑대인데,
혼자라서 인가

손을 내민 건데,
친구가 되고 싶었는데,

늑대라는 이유로
혼자가 되는구나

그럼 혼자인 늑대도
늑대인 걸 보여줘야지

Solitary Wolf 2

어느 동화 제목에도
늑대는 들어가지 않아

겉만 보는 건
그들인데,

차별하는 건
그들인데,

늑대만 나빠

가해자가 다수면
피해자가 가해자가 되는 건
쉽거든

덜 억울하게
정말 가해자가 돼

참 정의로운 동화 속이야

백조도 오리로 만들고
사람도 늑대로 만들고

타인

하루하루 행복하지만
그 금박을 벗기면
슬픔의 덩어리다

살짝만 닿으면
떨어질 텐데
아무도 만지려 하지 않지

눈물의 결정이
만든 금인 줄 모르고

운수 좋은 날

거미줄에 나비가 붙었다
거미는 기분이 좋다

저 멀리 다른 나비가 붙었다
횡재구나

첫 번째 나비 바로 옆에
다른 나비가 붙는다

그 옆에 또 다른 나비가 붙는다
웃음기가 사라진다

나비들이 붙은 나비를 민다
붙은 건지, 붙어있는 건지 헷갈린다

거미의 주둥이까지 나비가 붙어있다
거대한 나비가 되어있다

마지막 거미줄이 끊어지고
나비가 되어 날아간다

부담

안 받고, 안 주고 싶은 사람이다
짐을 지기 싫어하는 사람이다

다른 사람의 커피는
커피가 아니라
술이 되어 가방에 들어온다

다른 사람의 한 끼는
한 끼가 아니라
대접이 되어 가방에 들어온다

비워내고
가방 문을 닫아도
돌아보면 무거워져 있다

비워내고
가방을 갖다 버려도
손안에 들려져 있다

정이라고 하지 마
안 주면 욕할 거잖아

생색이나 내질 말던가

전조(Modulation)*

고독에 어울리는
베이스, 드럼은 없나

피아노라도 장조면 좋을 텐데

고독하다고 해서
슬픔만이 가득한 건 아닌데

풀벌레도
바람도
단조뿐이네

고독을 오롯이 슬프게 만드는 건
내가 아니야

지레 겁먹은 사람들이
위로라고 해주는
단조들이지

*전조(Modulation) :
조바꿈; 악곡의 도중 진행되던 조가 다른 조로 바뀌는 일

유리

깨지고 깨져
지나가는 남의 살을
자를 수 있을 것 같아진 날

문득
올려다본 하늘이
웃고 있어,

녹았다

밤새 식어
내일 아침

다시 나로
태어나겠지

가끔씩
녹아서
다행이다

댓글

겁이 많다
욕하는 사람들이 보라고
번지점프를 한다
줄 없이
이제 다른 욕을 한다
죄라고
정작 줄을 자른 사람들이
밀어놓고
또 욕을 한다
줄은
삶을 지탱할 정도로 강하지만
줄은
말에 끊어질 정도로 약하다

네 말이 그런 말이다

유리꽃

피지도,
시들지도 않는 꽃
사람이랑 똑같네

태어날 땐 뜨거웠다가
차갑게 식어버리는 꽃
사람이랑 똑같네

투명한 척하고
감춰버리는 꽃
사람이랑 똑같네

금가고, 깨지면
더 이상 존재하지 않는 꽃
사람이랑 똑같네

유리꽃밭에
나비가 날아와
진짜는
죽어가네

다정

다정하지 않다고
좋은 사람이 아닌 게 아니고
다정하다고
좋은 사람이 아니다

나는 나를 사랑하고
나에게만 다정하면 된다
나에게 주는 정이
가장 큰 다정이다

그런 다정한 나를
보는 건 그들의 몫이니
그들에게 나는
다정할 수도,
다정하지 않을 수도

I don't care

나는 언제나
나에게 좋은 사람이니까

만종(晚種)

우리는
늦게 피는
서로 다른
꽃이다

합로(合路)

외면의 빛보다
내면의 빛이 밝은 사람

외부의 빛을 흡수하고
내부의 빛을 반사하는 사람

거울은 나를 이런 사람으로 만들고
안으로 들어왔다

반사된 빛은 따뜻했고
썩었던 씨앗은 싹을 틔웠고
무채색은 채움의 행복을 알았다

뫼비우스의 띠 위
자작 인질극은
마주한 얼굴에 눈 녹듯 사라졌다

희미한 미소가
증후군의 흉터처럼
남았다

황수영

『나의 만월들의 색과 체 그리고 비명』

봄이 오길 바란다.

내 마음에 화창함이 스스로 물들고

축축했던 흙 사이로 뽀송한 새싹이 돋길 바란다.

당신과 내가 평안하길 바란다.

이 겨울을 부디 우리가 잘 이겨내길 바란다.

반드시 이겨내어 막대한 성취감을 얻길 바란다.

그리고 성장했음을 생경히 느끼고 또다시 나아가길 바란다.

어떤 것에는 초연해지길 바란다.

당신이 행복하길 바란다.

위선이 아니다. 거짓도 아니다.

나도 내가 행복하길 바라는 만큼 당신이 행복하길 바란다.

호수

그 호수에 잠겨있소
그대들에게 차마 내보일 수 없어
그 호수에 내가 숨겼소

그 호수엔 황망한 나무 한 그루와 파랑새가 있소
그 나무는 비쩍 곯아 일말의 생명력 없이 못생겼지만
내 비루하고 남루한 등에게 자릴 내주었소

멀리 날 보는 이는 미처 날 알아보지 못하오
아마 나는 그것과 한 몸같이 닮았나 보오

파랑새는 내 어깨에 앉아 모든 슬픔을 들어주었소
그 슬픔 죄다 물어다
그 호수에 버려주었소

나는 그 호수에 잠기지 않을 것이오
나를 던지지 않을 것이오

혈관 속 시나브로 동이 뜬 날에
가만 다가가 나를 비춰보리라
푸르른 잎들이 속삭이는 결속에서 가만히

민들레 민들레

불어오는 바람에 수없이 나를 잃었다
되바라진 땅으로부터 수없이 꺾여져 왔다
무게 없는 입김에도 슬퍼 자지러지던 때도 있었다
고요한 시선에도 아랑곳없이 타죽었다

민들레 민들레

바짝 마른 입 안을 연주해주는 구슬픈 말
죽지 못해 자꾸만 피어나는 나 같은 말

민들레 민들레

볕이 잘 드는 곳에 다시 만나기로 해
죽어도 죽지 말고 다시

민들레 민들레

너의 혈액이 되고 싶다

너는 네가 나의 혈액이 되어
심장을 뛰게 했다는 것을 모를 것이다

하여, 너는 네가 정녕 어찌나
사랑스러운지도 모를 것이다

하여, 너는 어느 날은 네 몸 안의 온전한 주인이 되지 못한 채
공허히 살다 뜨문뜨문 죽었겠지

무너졌을 너의 자태에 신음을 금할 수 없다

너의 혈액이 되고 싶다
내가 너의 심장을 뛰게 하고 싶다

부디 너의 사랑스러움이 되어
너의 혈액이 되고 싶다

사랑이었다

눈물이 마음을 추월했다
당신은 내게 그랬다
당신이란 색에 젖어 사는 것은 그런 것이었다

홀로 훔치는 눈물이 소매에 스며드는 것,
몰래 감췄던 환희가 미소에 베어 들키는 것,
오늘도 내일도 못내 그러리라는 것

이런 내가 당신에게 한 계절일 순 없겠냐는 것
사랑이었다

그리고 꿀꺽

그 물결이
기이할 만큼 고요했다
잠깐 찰랑이는 찰나에
잘못 보았나? 눈을 비비는 사이
다시 기이할 만큼 고요해진 모습이다

저 물결 안엔 필시 오만의 잡것들이
유영할 것이다
허나 어찌 된 일인지 물결은
기이할만큼 고요하다

그 물결은 빛이 났다
어둡고 습한 공기 안에서도
오만 것이 활개를 치며 유영하는 것을
개의치도 않는다는 듯이 물결 하나만큼은
기이할 만큼 고요했고 빛이 났다

확실히 오만 것들의 몸가짐은
보잘것없이 작고 가치가 없다
그 작은 물결들이 혹여 파도라도 되어
퍼져나가지도 못하게 금세 발을 묶고 죽였다
다시 기이할 만큼 고요해진다

그 광경을 붉어진 눈으로 한참을 매만졌다

나는 이 물결을 내 안에 담고 싶다
이 기이할 만큼 고요하고 눈이 부신 물결을
내 염증을 희석시켜 고요히 흘려보내 줄 이 물결을

나는 그 물결을 한 손으로 가만 들었다

그리고 입으로
그리고 꿀꺽

이별

기별도 주시지 않고요,
이렇게 가시렵니까?

살다 보니 맞는 말이었소
마지막은 웃는 낯으로 바랜 사랑을 보내주고 싶다는 말이,
마음이

당신은 내가 착하다 그랬지만
나는 나를 위해 웃었소
마지막까지 한 점 쓸모없는 희망으로 어여쁘고 싶었소
누가 더 아플 지 그 뻔한 것을 셈하며 그랬소
내가 그렇게 미련한 것을
착하다고 하셨소

그러니 기별 없이 떠나서도 괜찮소
다시는 만나지 맙시다
그저 꿈처럼 당신이 몰려올 때는 하늘도 모르게 울 테니
가뿐히 가시오
나 없이 행복하시오
오래오래 사시오

아프고 젖은 것은 나 하나면 되지 않겠소

나비야 나비야

나비야 나비야 이리 날아오너라
내 손끝에 잠시 머물러주어라
널 일별한 그 순간으로
나는 못내 살아갈 힘을 낼 테니

내가 꿈을 그리는 동안
너는 머물러 그 꿈을 싣고 다시 날 거라
그 날갯짓에 내 꿈이 천지에 펴져
모든 생명이 내일을 설레어 하고
매일 사랑을 수줍게 고백하게 해주어라

슬픔은 그저 씨앗, 나의 나무일 뿐이니
지고 살고 지고 살고 할 터이니
삶을 미루면 아니 된다 전해주어라

나비야 나비야 이리 날아오너라
내 손끝에 잠시 머물러주어라
널 일별한 그 순간으로
나는 못내 살아갈 힘을 낼 테니

사랑의 인사

내 밤에 둥근 달이 떴다
오랫동안 내 밤은 그저 까맣기만 했거늘

소리 없이 문을 열고 내 밤에 뜬 저 달은 내 사랑
그 곁을 맴돌며 빙빙 도는 저 별은 이제 나의 그리움

당신은 오히려 내가 힘들 때 더 빛나주었어
나도 덩달아 빛내주었어

당신은
소리 없이 문을 열고 내 밤에 뜬 저 달, 내 사랑
그 곁을 맴돌며 빙빙 도는 저 별, 나의 그리움, 온통 당신의 것

흐드러지는 슬픔의 기쁨

말도 안 됐습니다
드넓은 들판을 가득 메운 장미를 보고
내 슬픔도 이만하리라
아니 장미가 더 피어나야 하리라
생각한 찰나가요

물을 주어야 하는지 한참 생각했습니다
내 슬픔을 키우는 일 같아서요
우스우실 걸 압니다
저도 그런 저를 알고 누군가에게 들킬까 두렵습니다

별안간 빛이 내립니다
너무 쨍해서 슬픔을 마주 볼 수가 없습니다
오려낸 시야 속에
빛을 받은 장미는 실로 무척 무척이나 눈이 부십니다

저것은 왜 저렇게 아름다울까요
아름다워서 눈물이 다 납니다
코끝을 간지럽히는 장미 향에
알 수 없는 해방감마저 듭니다

…투둑
대지를 뚫고 새 새싹이 돋았습니다

매일초

아프다고 하였어?
아니야 그러지 마
너는 꽃이다
매일을 피고 지는 매일초

질 때에 너는 아주 원색적인 굶주림과
신이 뱉은 까맘에 젖어 숨을 쉬는 것만큼
당연히 아파야만 하는 것이니
그러니 그러더라도 그러지 마

그리고 너는 다시 태어난다
음지 속에서 빛 속으로

기어코 그리한다
나는 안다
매일을 너는 그렇게 환상적으로 기침을 하고
빛 속에서 텁텁한 흙을 삼켜내고 새 숨을 튼다
내내 너를 숨 막히게 했던 외로움을 뚫고
가장 나른하고 유연한 기지개를 켤 것이다

아프다고 하였어?
아니야 그러지 마

너는 꽃이다
매일을 피고 지는 매일초

사랑한다는 말은 갈증이라는 것을 알려준 내 사랑,
하나뿐인 나의 귀하디귀한 꽃

짙음에 대하여

나무가 피워낸 달이 운다
회환에 아득해져
비참하게 울며 지저귀는 새소리에
쏟아지는 마음 꼭 붙잡고 나도 지저귀었다
내 지저귐에 온갖 것이 먹혔다
내게 내려앉은 모든 잎이 바스러졌다
그러다 보면
시간이 녹아 흘러내렸다
그것은 짙은 바다가 되었다
나의 눈과 입술을 잠식시키고서
그저 살아만 있으라 했다
그것은 살을 맞대고 온몸으로 날 껴안고
한동안 놓아주지 않았다

들꽃

가시던 곳에 들꽃이 피었을 거여요
소복이 즈려밟아 걸음 해주시기를
밟아 피져나온 달큼한 꽃향기
그 향은 날 잊지 말라 애걸하며 짖는 향

흠뻑 흥건한 그 길 위에 들꽃 벗 삼아
부디 잠시 사랑하시길
아무리 불어오는 바람에도 나는 말이에요
그대에게 얼싸안겨 한아름 몹시 취해
더 진하게 흐드러지며
온전히 피워낼 거여요

내 사랑,
여기 이대로 시간이 멈추기를
이 순간 오로지 아, 사랑이기를

별은 정녕 멀리 있는가

아, 난
임자 없는 소나기만
원 없이 마실 수 있네
무력이 운을 떼는 눈동자엔
감출 수 없는 끝이 보이네

하여
내 구름 들여다보니
보이는 것만큼이나
그런 뭉게하고 포근한 따뜻한 기억

행복했음은 과거다
내 작은 발끝에 더는 숨이 없다

별은 정녕 멀리 있는가
별이 정녕 그리 멀리 있는가
내게만 더없이 가까운 것인가
내 마지막 같은 밤의 하늘아
내 너에게로 가려한다
온 짐을 풀어내려 한다

허나

푸른 멍이여 기척 없는 새벽이여
태초부터 단 하루도 쉼 없이 온 대지를 밝힌 빛이여

별을 정녕 멀리 있는가
별이 정녕 그리 멀리 있는가

비애

한낮의 비애를 햇빛에 감추고
한밤의 비애를 달빛에 바쳤다

연달은 비애는
죽어가는 것을 여러 번 여러 번 건드렸다
하여 죽어가는 것이 마치 다시 살아나는 것만 같아

별 같은 한 방울의 비애는
뚝뚝 떨어져 증발해라
그리곤 얼마 동안 내 곁에 없다가 다시 떨어져라

하늘을 잠시 들러 깊어 오너라

안아줘

뭉근 마음이 무엇이 나빠
푹 젖어 날 울게 하는데
그러고 나면 한결 숨이 트이는데

어디로 가야 하는지 모르겠는데
그러고 나면 어딘가로 나아간 것 같은데
뭉근 마음이 무엇이 나빠

적어도 네가 목놓아 우는 날
그런 너의 목을 끌어안게 해 줄 마음이니
그러니
너도 나를 안아줘
힘껏 그러 안아줘

혼잣말 하나 사랑 하나

내 모든 밤에 네가 있었으면 해서
황망히 초라하게 소리 없이 달님에게 애원했어

생각해보니
달님이 온 어둠을 받아내느라
정신이 없을 것 같아

그래서 너에게 바랐어
나를 더 갈망해주지 않을래
내 사랑을 갈증해주지 않을래
언제나 내 옆이길 바라주지 않을래

대답은 없지
괜찮아 내 마음은 흥건해졌다
이걸로 됐다
그저 네가 있어 좋다고 또 생각해버려

굳이 당신인 것은

허름한 내 좁은 속이 부끄러워
여느 고백 하나 정직하지 못했는데
이제는 그 기쁨을 안다

오롯이 네게 향하는 마음의 물결에
가만히 고개 숙여 잠수하고 있노라면
평생을 꿈꿔 온 환상을 보았노라

오늘도 당신의 틈에 빼곡히 내 고백을 채워야지
당신의 슬픔과 괴로움, 내 사랑에 넋이 나가라
당신은 야금야금 날 몹시 갈증해줘

더 사랑한다는 말

봐, 이것 봐
또 그래
또 내가 별로야

너는 항상 내 사랑을 확인하려 하지
나는 너무 주었을까 두려워하는데
내 우매함이 너의 불안을 낳았다니

내가 언젠가 말도 없이 떠나버릴까 봐
수 없이 물었다는 그 투명함에
어둠을 껴안고 환희로 울었어

봐, 이것 봐
내가 별로야
나는 또 별로일 거야
나는 겁쟁이인데다가 또 별로일 테니까

하지만 부디 이것만은 알아
네가 없인 아무것도 적을 수가 없어
너 없는 순간을 덜컥 상상하다 허름하게 울고 툭 새침해질걸

나는 또 별로일 거야

전부, 전부

줄 것이 없어
낭만에 매달려 애써 나를 달랬지요

어여쁜 당신에게
모든 것이 아깝지 않다만

내 피와 뼈를 꺾어 쓰는
이 형태가 당신에게 줄 것의 전부네요

저를 부디 더 안고 계셔주시면
감사하겠습니다

차라리 제 심장이라도 파내
증명하고 싶지만
무식할 수밖에요

사랑을 이리 적어 미안합니다
사랑합니다

사랑임을

너의 시선이 곱다
사랑이 깃들어
마치 행복이란 글이 눈에 보이는 것 같아
네게 솟아나는 마음
하나하나 내 밤하늘에 매달았지
밤마다 지친 내 살결을 어루만지는 별빛
덤덤한 입가를 곱게 빗겨주는 별빛
그 별빛들 못내 마저 다 헤아리지 못하고 잠드는 밤
동이 튼 까닭에도 별빛 잔향에 취해
얼큰한 사랑에 겨워 사는 사람
사랑임을

영원함이 흐르는 듯

당신, 내 볕에 든 별
거듭보다 보다 보아도 빛나는 당신
그 별 주어다 내 마음에 슥슥 문댔어
내 마음에 들어오라고, 스며들어 같이 흐르자고
죽을 때까지 사랑하자고

당신, 어느 날은 기백이 다한 색으로
어떤 걸 말미암아 실컷 구슬퍼도
외로움만은 느끼지 말아
당신 볕에 든 별, 함께 울고 있어
같이 흐르고 있어
죽을 때까지 사랑할 테니

. . .

보라, 상실이 오고 있다
그렁이는 슬픔이 솟음친다
그러자는 것이 아니었을 따듯한 상실이

서로가 서로에게

죽음은 마땅하지 않습니다
허나 우리들은 어지간하면 그것이 마땅하길 바라며
그래서 다가올 어느 날은 갠 듯 다시 웃고 살아가길 바
라며
스스로의 서랍을 그렇게 정리하곤 합니다
죽음은 마땅하지 않습니다
그것은 수학처럼 셈하거나 빼거나 나눌 수 없습니다

슬픔이란 족쇄에 스스로를 채우고 가두는 동안
우리는 여러 형태로 치유할 수 있길 바랍니다

하고 많은 깊고 시린 슬픔 중 하나는 '부재'이겠지요
사랑이 반드시 빼곡히 희석되어진 '부재'
그것은 육신일 수 있고 정신일 수 있고 두 가지 모두일
수도 있습니다

서로가 서로에게 위로가 되어주었는지 그래서
서로에게 서로가 위로가 되었는지

그 계절의 환란

겨울의 가지는 뭉게뭉게 하지 못하다
안쓰러울 만큼 곯아진 자태로
스며올 봄을 기다린다
내내 굶주린 채로

영혼이 들끓는다
다스려지지 못한 수면이 조잡하다
날개는 오그라들었고
세찬 박동만이 째깍째깍

특별한 다음을 기다리는 마음
축축한 뿌리를 지닌 것만 같은 마음
눈 부신 햇살을 죄스럽게 올려다볼 것 같은 마음
그럼에도
특별한 다음을 기다리는 마음

내 피의 온도가 만들어낸 균열이
바스러지며 모든 것을 핏빛으로 물들였다
분노와 혼란이 낭자했다

애써 가라앉을 일이다 다독였다
필히 한없이 무거운 눈으로 모든 것을 잠재울 수 있다 다독였다

나는 괜찮다

괜찮을 것이다

그저 내가 몹시 혹독한 겨울일 뿐이다

굴레의 탈피를 위한 행진

저기까지 걷는 동안만 슬프자고 했다
저기까지 걷는 동안만은 행복하지 않아도 된다고
죽고 싶다고 울고 간절하게 더 몰락해도 좋다고

혐오가 얼마나 흐르는지 그대로 둬도 좋고
무심하게 맞닿아왔던 속눈썹들이 혐오로 진득 젖어
내 얼굴을 다 먹어버려도 좋다

마음의 흉이
울부짖음으로
얼마든지
못나 보여도 좋다

저기까지 걷는 동안만이다
찰나 같은 그동안만

말라비틀어진 입술 사이

이 작은 몸이 무얼 그리
찢어지듯 앓고 앓는 것이야

오만 것이 그득했던 눈동자는
벗겨나간 눈물을 떨구고 다시 태어나니

애야, 이제는 좀 웃어라
어여쁜 네가 웃으면 좀 좋겠니

원망 먹기

원망이 툭 굴러떨어져
내 발등에 닿았다

스산한 그것은
음울하기 짝이 없다

죽음을 고래고래 노래하더니
곧 잠잠해져서는 주워달라며 툴툴거렸다

한참을 고민하는 눈에는
눈물이 썰물 질을 해댔다

아무래도 죽이고 싶어도
아무래도 그것이 없이는
아무래도 안되는 것이다

촉촉해진 소매를 접고
허리를 굽어 그것을 집어 들었다

그래, 생각보다 부드럽고 말랑한 그것을
베어 물자

베어 물자

먹자

다시 너를 느끼자

긴 한숨의 소원

공든 내 소원들은 어제와는 달라져
같은 모습으로 나타나질 않고
비정한 갑옷을 입고 숨어 웃어

누군가는 내 소원들을 바람에 날려 축하해
오늘은 그런 날이라며 완성될 수 없는 이야길 한다

난 네게 아름답고 싶어
모든 게 달라지고 싶어
널 위해 빛나고 싶어

있잖아, 미안해
잠깐만 초라할게

시작의 시옷

별것일까 싶었지
아닐 것이다 했고
문득 떠오르다
매일 떠오른다

난 이 마음 하루하루를 꼬박 쌓아 하늘에 닿겠는데
넌 이룰 수 없을 거라 생각할지도 모르겠어

분명 우리 동공이 부딪혔지
숨이 헛 쉬어져 말이 안 됐지

별것일까 싶었지
아닐 것이다 했고

문득 떠오르다
매일 떠오른다

보내줌의 미학을 위한 탈진의 기록

속절없이 쌓인 맘
감당할 수 없는 육신
게워내려 떨며 찢어발긴 울음은
그저 커질 뿐

날 위해 날 뒤로한다는 그 이별
그 단 한 번의 이별은
다신 없을 이별이라지요
당신은 날 그렇게 사랑했다지요

내 공허는 모든 이의 담을 넘습니다
모두가 그런 나를 알아요
그 증명은 당신의 부재를 더욱 알게 해요

나는 이제 울고 싶어도 울지 못할 것 같아
내 모든 울음은 당신을 기원하니까
당신을 힘껏 끌어올릴 뿐이니까

달콤한 인생

자욱했던 고독이 사랑에 희석돼
그대가 읊는 한 문장에 슬픔이 위독해
알 수 없던 마음이 내 것이란 환희
그 환희 속에 영원을 맹세해요

봄이 날 알아
여름이 날 알아
가을이 날 알아
겨울이 날 알아
그댈 만나 그 아름다움 느끼니
그들이 날 알아
나를 위해 피어나
그대가 그런 날 알아

잠에 들고

당신, 내 흐린 빛 전부 안아
달에 기대주었어요

그 밤 안에 달 그 옆에 나

당신은 밤, 온통 날 그러안은 사랑
헤아릴 수 없이 퍼진 흐린 내 슬픔 빛
당신으로 하여금 한밤 진득 울며 빛을 뿜고
아침 속에 죽어 다시 태어나 또다시 당신을 기다려요

내 사랑은 당신 마음에 기생해 그토록 여울져 빛나니
이 슬픔마저 어찌 사랑이 아닐 수가

살아가야 할 이유

가만히 눈을 감고 노래를 듣는 것
다시 오지 않을 이 순간을 느끼는 것
살며시 눈을 뜬 내 앞에 노을이 지는 것
그리고 그런 내 곁에 네가 있는 것
그건 변하지 않는 것

당신이 내게 심어준 믿음
그런 믿음의 존재를 믿게 해준 당신에게
미래에서 날 기다렸다는 당신에게
힘껏 달려온 내 지난날을 위로하는 당신에게

그래, 당신을 만나기 위해 죽지 않고 살아왔어
힘껏 내쉰 나의 숨이 헛된 것이 아니었어
이런 날을 위해 죽지 않고 버텨왔어
마음을 초월해가며 울음을 삼키면서
너를 만나기 위해 죽도록 방황하며 바라고 기다리며 살아왔어

다시, 또 다시

누워 고인 눈물에
세상이 비스듬해졌다
내 마음이 쏟아져 내렸건만
세상이 더 또렷해졌다
소음이 선사하는 위로에 파묻혀 흐느끼는 것은
날 또 한 번 짓이겨내렸다만
온 잡것이 흘러 내려가 이제야 빛나는 눈망울은
이제야 살아있음이다
아마 나는 또 괜찮을 것이다

완벽한 그대에게

내 눈썹이 눈물이 된 이유는
모두 그대 탓이다

그대를 이루는 선이란 선은 내 안에 어딘 가에든 담고 싶어
하염이 다 죽었다

느껴지는 생을 담은 숨결에
모든 걸 다 잃어도 좋다고 생각해버려

죽어도 여한이 없다는 깨달음에 한달음 안겨 온
사랑은 주워도 주워도 끝이 없다

그대는 왜 날 사랑해?

모두 그대 탓이다

도승하

『우리는 사랑했지만, 사랑하고 있지 않았다』

시인의 사랑은 꽃과 바람, 해와 달, 바다와 산,

밤과 별, 낮과 햇살 그 무엇으로도 쓰이며

그이의 이별 또한 그 무엇으로도 표현되어

세상 밖으로 나온다.

때로는 너무 많은 감정이 파도처럼 밀려와

온몸을 적셔도 그 자리에서 시작한 글을

끝마치는 시인은 삶을 짧은 문장으로 표현한다.

"세상에 이토록 아름답고 고통스러우며

슬픈 것이 또 있을까."

기록

오늘부터 당신을 기록하려고 해요
어쩌면 부치지 못하는 편지 같을 수도
아니면 매일 내 하루에 녹아있는 당신을
기록하는 일기 같을 수도 있겠어요

결국 시간이 다 해결해 줄 테니까
나는 내 속에 있는 이야기를
세상 밖으로 내보내며 털어낼 겁니다

오랜 시간이 걸린다고 해도 괜찮아요
오래도록 당신을 써 내려가면 되니까요

지독하게 사랑한 당신을 지겹도록 써 내려가다가
이야기가 끝날 때 즈음엔 나도 괜찮아질 테니
걱정은 말아요.

해는 꽃을 피워냈고 꽃은 활짝 피어났다

나는 꽃의 곁을 맴도는 나비가 되고 싶었다
꽃과 함께하는 바람이 되고도 싶었고
꽃잎을 적시는 빗방울이 되고도 싶었다

아니, 어쩌면 꽃이 다시 돌아갈
흙이 되고 싶었는지도 모르겠다.

몽상

왜 하필 너였고 또 나였을까

결국 펴보지도 못한 채 꺾일 것을
나는 왜 만개를 꿈꿨을까?

시린 겨울과 이별한 여름

어떤 겨울은 그 마음속에
냉소를 지으며 건네는 말속에
시리도록 차가운 눈빛 속에
있었으므로,

당신은 여느 겨울보다 차가웠다
시린 겨울과 이별한 여름이었다.

동경하는 당신에게

아마도 나는 이번 생에 당신을
지우지 못할 것 같습니다

어쩌겠어요
내 마음대로 되지 않는 게 이 마음인걸
빛바랜 편지는 내 책상 한편에 쌓여있습니다
세월의 흔적만큼 노랗게 해졌지만요

지우려 잊으려 무던히도 애써봤습니다
잊은 줄 착각도 해봤지만 나는 단 한 번도
당신을 잊은 적이 없더라고요

여전히 그리운 밤입니다
앞으로 배는 더 그리워할 테지요
나는 어찌 살아가라고 남겨 두고 가셨는지
원망하는 시기도 다 지나갔습니다

그저 그리워 또 그리워
부치지 못할 편지만 써 내려갈 뿐입니다.

끝나지 않을 밤

온통 봄이었습니다
당신과 있는 모든 순간이
봄날의 꿈 같았습니다

당신의 손을 잡고 거닐던 그 길엔
봄날의 꽃들이 흩날리고
봄날의 햇살이 우리를 비추고 있었습니다

당신은 나의 하루였고 삶이었습니다
내 기나긴 밤 속에 더는 외로움은 없었고
그 밤은 오롯이 당신의 것이었습니다
나의 밤은 당신이었고

하지만 지금 모든 것이 꿈이 되었습니다
진정 내가 꿈은 꾸었던 것일까요
내 하루가 그 삶이 전부 꿈이었을까요

또다시 밤이 찾아왔습니다
어둠은 더 짙은 어둠이 되었고
당신이 없는 밤은 끝나지 않을 것 같습니다.

당신을 잊어야겠다고 마음먹은 이후
가장 슬펐던 것

당신을 잊어보겠다고 큰마음을 먹고
정리하려고 하니 잊을만한
추억조차 없었다는 것이다

그게 나를 가장 슬프게 만들더라
모든 게 변하지 않는 상황에
내 마음 하나 덜어내면 그만인 것이
우리는 애초에 마주 보며
서 있었던 적이 없었다는 게

처음부터 아무 일 없었던 것처럼
조용히 지나가면 정말 아무것도 아닌 게
된다는 것이 나를 가장 슬프게 했다.

낡은 종이에 써 내려가는 당신의 이름

오늘도 기억 속의 당신을 기록하고 있습니다
기억이 조금씩 희미해져 가는 것을 보니
꽤 많은 시간이 흘렀나 봅니다

희미해져 가는 기억만큼이나
당신을 기록하는 것도 점점 어려워집니다

나는 왜 당신에게 닿지도 않을
글을 매일 써 내려가면서
당신을 위한 짧은 문장 하나 쓰는 것마저
이리 어려운 것일까요.

당신 아무쪼록 몸 조심하길 바란다

그래, 갈 거면 그렇게 돌아서 가라

어떤 아쉬움도 남기지 말고
발걸음을 옮겨 당신이 가려던 길을 가라

이왕 가는 거 조심히 잘 가라
부디 건강 잘 챙기고 아프지 마라
사랑했던 기억 아팠던 기억 모두 잊고
앞으로 다가올 미래만 생각하여
당신의 길을 걸어가라

돌아보지 마라 절대 돌아보지 마라
혹시나 하는 생각도 하지 마라
세상에서 가장 냉정하게
그렇게 돌아서 가라

당신, 아무쪼록 몸조심하길 바란다.

반드시 행복해라

너의 계절이 돌아왔다
지금쯤이면 너는 너만큼이나
예쁜 꽃을 보며 좋아하고 있을 테지

같은 하늘 아래에서 나와 같은 계절을 맞은
내가 아주 오래도록 사랑했던 사람아

행복해라, 너 꼭 행복해라.

네가 한없이 미련한 사람이길

내 하루를 기록하는데
왜 자꾸 네 이름이 나오는 건지

내 일기장에는 네 이름이 가득해
나는 한참 동안 그것도 모르고 지냈어

어느 날 갑자기 네 이름이 보이기 시작하더라
그제야 안 거야 그게 사랑이라는 것을

몰랐어 내 일상에 자연스럽게 녹아있는 너를
알아채는 게 힘들었어 일기장에 가득한
네 이름도 그냥 당연하다고 생각했나 봐

너무 늦게 안 거야 내가 지금에야
너를 사랑한다는 걸 눈치챈 거야

그런데 너는 어디에?
내가 너무 늦어버려서 떠난 거야?

나 이제 왔어 내 마음에 솔직하지 못한 내가
아니 멍청하게도 몰랐던 내가 이제야 알고
온 거야 너무 늦었다고만 말하지 마

언제든 괜찮으니까 찾아와 내가 여기 있을게
네가 한없이 미련한 사람이길 바라며
너보다 한참 느린 내가 여기에 있을게.

혹시나 하는 마음에

얼마 전에 외출하려는데 창밖으로
하늘을 보니까 먹구름이 보이는 거야
그래서 혹시나 하는 마음에
우산을 챙겨서 나갔거든?

근데 그날 비 안 왔어
먹구름 낀 하늘이 금방 맑아지더라고

널 기다리는 일도 그래
혹시나 하는 마음에 어쩌면 올지도
모른다는 생각 때문에
자꾸 기다리게 되는 거야

그날 종일 걸리적거렸던 우산을
버리지 않고 계속 들고 다녔던 것처럼
너를 향한 내 미련도 버리지를 못해

먹구름이 잔뜩 낀 하늘이 거짓말처럼
맑아진 거처럼 어쩌면 너도 거짓말처럼
내게 돌아오진 않을까 하는 마음에
아직도 너를 기다려

응,

혹시나 하는 마음에 계속 기다리는 거야.

만약에 그대

처음으로 돌아가 당신을 만나지 않았더라면
나는 조금 덜 힘든 삶을 살아갔을까

그러나 어떤 선택을 했다 할지라도
이별의 아픔을 겪지 않는 삶을
사는 것은 불가능했을 거야
나는 당신이 아닌 그 누구라도
사랑하며 살아갔을 테니까

그래, 기왕 그런 삶을 살아갔을 나였다면
처음부터 당신을 사랑하는 것이 나을 테지
당신이라는 아름다움을 알게 되는 게
내게는 훨씬 좋을 거야 아무리 생각해도
당신을 대신할 사람을 없을 것 같거든

나는 처음으로 돌아간다 해도
또다시 당신을 겁도 없이 사랑하고
죽도록 아픈 시간을 보낼 거야
당신으로 인한 상처가 제아무리 크다 해도
당신 없이 살아가는 내가 되는 것보다
나을 테니까 말이야.

당신이 부르던 내 이름이 없다

이제 나를 누구라고 소개해야 할지 모르겠다

당신이 부르던 이름 만지던 얼굴
잡았던 두 손 좋아했던 내 웃음
다정한 내 모습 그 모든 게 없어졌다

내게 당신이 없는데
내가 있을 리가 없지 않은가

그렇게 내 모든 건 당신과 함께 사라졌고
이제 당신이 알던 나는 더는 존재하지 않는다

나는 누구일까? 이제 나를 뭐라고 소개해야 할까
당신은 어디일까? 이제 당신을 뭐라고 불러야 할까.

여기야 나 여기에 있어

이제 곧 날이 추워질 거야
차가운 당신 손발이 걱정되니까
너무 많이 헤매지는 마

그 길이 어딘지는 모르겠지만
거기서 여기까지 오는 시간이
얼마나 걸릴지는 모르겠지만

나 여기에 있어 당신이 아는 그곳에
익숙한 그곳에 여전히 남아 있어

그러니까
한 번 들러줘 우리 얘기 좀 하자
내가 할 말이 너무 많아.

내 삶의 이야기

하루의 마지막을 기록하려
펜을 들고 무언가를 써 내려갔습니다
정신을 차리고 보니 온통 당신 이야기더군요
여전히 내 하루는 당신인가 봅니다
언제쯤이면 내가 당신 없는 온전한
내 하루를 보낼 수 있을지
나는 아직 상상조차 할 수 없습니다

지겹도록 반복되는 하루 속에 당신은
여전히 나와 일상을 보내고 있습니다

누군가 내게 사랑이 무어냐고 물어본다면
나는 당신 이야기를 하겠습니다
무엇을 위해 당신을 기록하는 거냐고
물어온다면 그저 내 하루를 쓰는 거라고
그렇게 대답하겠습니다

그리고 이 일기가 여러 권이 되어
그 끝에 다다른다면
내 삶의 이야기를 마쳤노라고 말하겠습니다.

이제는 찾아오지 마세요

아무렇지 않게 잘 살아가다가
갑자기 눈물이 차오른다면
당신이 내게 온 것입니다

예고도 없이 찾아와 옛 추억을
떠올리게 하고는 말도 없이 또 떠나버립니다

나는 그 이후 한참을 허우적거리다
결국 당신에게 잠겨버리고 말아요

이제 오지 마세요
더는 내게 찾아오지 말아 주세요
나는 살아가야 하는데 잘 살아가야 하는데
당신이 찾아오면 한참을 힘겨워해야 하잖아요

잘 지내라고 했잖아요
제가 행복하길 바란다고 했잖아요
그럴 수 있게 도와주세요
당신이 기도해주세요

당신이 다시 내게 돌아오는 일
따위는 절대 있을 리 없으니

그냥 나를 위해 마음만 좀 써주세요

어떻게든 제가 잘 지내볼게요
꼭 그렇게 해 볼게요.

청춘기록

지나쳐온 찬란한 시간과
아름다웠던 내 청춘의 기록은
온통 너의 이야기로 가득하다

나의 한때는 빛이 났었고
나를 빛내주던 건
너의 따뜻한 마음이었다
누군가 내게 네가 가장 빛나던
순간이 언제였냐고 물어온다면
나는 한 치 망설임도 없이
너와 함께했던 시간이라고
대답할 수 있을 것이다

무엇과도 바꿀 수 없고
무엇으로도 덮을 수 없는
너와 함께 따뜻하기도 했고
차갑기도 했으며
무미건조하기도 했고 밝기도
또 어둡기도 했었던 계절을 지나쳤고
누구보다 사랑했으며
누구보다 사랑받았었다

보잘것없는 내 일기장에
너를 기록할 수 있게 마음을 내어준
너에게 감사의 마음을 전한다.

감기에 걸려 아픈 건지 네가 마음에 걸려서 아픈 건지

언젠가 나 엄청나게 아팠을 때 사다 준 약 기억해?
나 감기 걸려서 끙끙 앓고 있을 때 네가 약 사다 줬잖아
그 약 내가 책상 서랍에 넣어놓고 아껴 먹으니까
네가 무슨 아껴먹을 게 없어서 약을 아껴먹냐고
아프면 언제든지 또 사줄 테니까 확실히 나을 때까지
잘 챙겨 먹으라고 네가 잔소리했었는데

그 약 아껴먹길 잘했지 그러고 얼마 안 가서
우리 헤어졌으니까 그 이후로 몇 번 더 아팠었는데
감기약 찾다가 보니까 네가 사다 준 약이 보이는 거야
그래서 먹을까 말까 한참을 고민했다?

그래서 어떻게 했을 거 같아?

먹었어 너무너무 아파서 먹어버렸어
그랬더니 조금 괜찮아진 것 같아
조금 나아진 것 같아

근데 다음에 또 아프면 나 어떻게 하지
아프면 언제든지 약 사다 준다고 약속했잖아
그래서 이렇게 아플 때면 자꾸 너를 기다리게 되는데
그땐 그냥 네가 와주면 안 되나?

사랑을 했지만 영원은 없었어요

숨 돌릴 틈도 없이 밀려오는 어떤 그리움은
날마다 내 목을 졸라대는 것 같아요
어떻게든 살아가라고 흐르는 시간 속에
살아가기 힘든 이유가 더 많아지면
어쩌자는 건가요

내가 시작한 사랑의 결말은
견뎌내야 할 내일이 되고
행복했었던 과거는
후회만 남은 오늘로 남아버렸네요.

이별마저 따뜻하게 안아줘야지

떠나가는 뒷모습마저 아름다운
당신이 뱉은 이별의 말도
그럴만한 이유가 있을 것이라며
이해하려 노력한다

어차피 내가 감당해야 할 몫이기에
원망하거나 미워하는 감정을 가지지 않고
우리의 이별을 따뜻하게 안아주려 한다

알면서도 시작하는 만남
결국 끝은 다 정해져 있기에
순간순간을 소중하게 간직하려고
무던히 애를 쓴 시간이었다
사랑했던 모든 순간이 감사했다
받을 수 있고 줄 수 있음에
안아줄 수 있고 안길 수 있었음에
매일 밤 사랑을 속삭일 당신이
곁에 있었음에 하루를 끝마치고
잠자리에 들 때 당신의
오늘 밤이 무사히 지나가길
바라는 마음을 가질 수 있었음에
감사하고 감사할 뿐이다

언제나처럼 당신의 잠자리는 편안했으면 좋겠다
불어오는 바람에 내 바람 실어 보내어
당신께 닿는다면 그것은 영원했으면 좋겠다

우리는 영원하지 못했지만
내가 바라는 마음만은
영원히 당신을 지켜주길 바란다.

오늘 같은 날

오늘같이 날씨가 좋을 때면
우리 자주 갔었던 그 카페에 앉아
하염없이 너를 기다려보고 싶다

오지 않을 너라는 것을 잠시 잊은 채
언제든 올 거라는 기대를 하면서 말이다

그날만큼은 네가 없는 내 하루가 아니라고
생각하면서 네가 좋아하는 책을 읽고
네가 좋아하는 커피를 시켜놓은 채
언젠가 설레는 마음으로 네가 오길 기다렸던
그때처럼 너를 기다리고 싶다

저 문 넘어 어딘가에 있을 네가
이 문을 열고 언젠가는
나를 찾아주지 않을까 하는
말도 안 되는 기대를 하고
헛된 꿈이라도 꾸고 싶다.

사라져 버린 얼굴

분명 하루 온종일 내 머릿속을
맴돌던 당신이 생각만 해도
심장이 아려오던 당신이
더는 내게 남아있지 않는지
아무리 떠올리려 해봐도
기억이 나지 않는다

언젠가부터 흐릿해진 당신의 얼굴이
내 머릿속에서 흔적도 없이 사라져버렸다

나는 왜 그 긴 시간을
당신의 흔적과 싸워왔던가
결국엔 내게서 조그마한 어떤 것도
남기지 않고 사라질 거였다면
내 가슴 찢지 말았어야지
이제 와서 이러면 어쩌란 말인가

하지만 나는 분명히 알고 있다
기억하는 것도 흔적도 없이 사라지는 것도
당신의 탓이 아니란 걸.

축복이자 저주이며 희망이자 절망

사랑에 빠지기가 무서워졌어요.
그것이 두려운 감정이 되어버렸습니다
사랑은 누구든 답이 없게 만들어버리니까요

설레는 감정까지가 적당하다고 생각하며
많은 감정을 주지 않으려 노력해도
어디 그게 쉬운 일인가요?

사랑이 찾아오는 일은
축복이자 저주이며 희망이자 절망입니다

절대 그중 하나만 오지 않죠
저것들은 사랑 안에 묶여있는 것들이니까요
그리고 나 자신도 마찬가지고요

그래서 사랑의 저주가 끝나기 전까지는
그 자리에 발 묶여
끝없는 절망을 감당해야 해요

하지만 아이러니한 것은
우리는 사랑은 축복이라는
희망을 절대 놓지 않기 때문에

그 무서운 일을 두려움에 떨면서도
언제까지나 반복한다는 겁니다

당신이 지금 내가 하는 사랑은
절대 저주가 아니고 축복이라고
생각하는 것처럼 모두 그렇게 생각하고
사랑을 한다는 말이죠

하지만 꼭 기억하셔야 합니다
그 생각조차 사랑의 저주일 수 있다는 것을.

우리는 사랑했지만, 사랑하고 있지 않았다

밝았다가 또 어두웠다가
따뜻했다가 추웠다가
미지근한 온도를 유지하기도 했고
어떤 날은 평온했다가
어떤 날은 위험하기도 했다

시간은 계속 흘러갔고
우린 그 세상에서 많은 계절을 살았다

어떤 것과도 바꿀 수 없는
그 어떤 것도 대신 할 수 없었던
그야말로 너는 내 세상 그 자체였다
우리는 어떻게 지내야 했을까
아니 나는 어떻게 해야 너를
잃지 않을 수가 있었을까

다양한 색으로 물들었던 세상이
언젠가부터 회색빛이 되었고
따뜻한 계절을 보내고 있었던 우리는
시리도록 차가운 겨울을 맞이했다

세상이 무너졌다 아니, 사라졌다

네 잘못이 아니다
그렇다고 내 잘못도 아닐 테다

그냥 시간이 흘러 없어졌다
그러니까 사랑이 다 했다
그게 다였다

나는 살아가야 했고 너는 나아가야 했다.

내 모든 계절에 네가 있었으면 좋겠다고
생각했다

아름다운 꽃을 보고 주고받는
꽃다발의 향기를 맡으며
다가오는 봄에도 너와 함께
꽃구경 가고 싶다고 생각했었다

여름이 오면 따사롭게
내리다 못해 쬐는 햇볕에
선풍기와 에어컨 바람을 맞으면서
내년 여름에 너와 물놀이를 갈 계획을 하고
계곡물 흐르는 시골길을 아이스크림
나눠 먹으며 걷는 상상도 했었다

시간이 흘러 갑자기 쌀쌀해진 공기와
차게 부는 가을바람에
손발이 차가운 너를 걱정하면서
얼음장처럼 차가운 네 손을 데워줄 수 있는
내 손에 온기가 뿌듯했었고 잡은 두 손에
네 손이 따뜻해질 때 즈음엔
다가오는 겨울에 더 차가울 네 손이
벌써부터 걱정이 되곤 했었다

그렇게 한 해의 끝이 다가올 때즈음

하얗게 눈 내린 길에 너와 함께
발자국을 남기고 싶기도
흘러나오는 캐럴을 들으며
반짝이는 불빛을 보고 싶기도
따뜻하게 데워진 전기장판과 이불 위에서
영화를 보며 귤 까먹고 싶기도 했었다

그렇게 내 모든 계절에
네가 있었으면 좋겠다고 생각했다
계절은 때마다 변하지만
너만은 여전히 있었으면 좋겠다고
끝내 남이 된 너에게 꼭 말해주고 싶었다.

내 유일한 바람

어느 날에는 끝이 보이지 않는 바다가
또 어느 날에는 네 밤길을 비춰주는 달이

그뿐이었을까?
하늘, 태양, 바람, 네가 걷는 땅
그 무엇이든 되어주고 싶었다

항상 무언가를 주고 싶었다
네가 필요로 하는 것이면 그 무엇이 되었던
가리지 않고 다 주고 싶었다

나는, 나는 말이다
세상에서 너를 제일 사랑받는
사람으로 만들고 싶었다
진실로 행복한 삶이 되었으면 했다

그게 다였다
그게 내 유일한 바람이었다.

봄날의 꽃이 아름답지 않았던 이유

여름을 함께하면서 가을을 바라고
겨울을 함께하면서 봄을 기대했었다

우리는 여름 지나 가을을 함께했고
겨울을 맞이하며 봄을 기대했지만
봄을 함께하지 못했다

나는 봄날의 꽃을 앞에 두고도 웃지 못했고
아름다운 풍경을 보며 눈물을 흘려야 했다

꽃이 떨어질 때 나도 함께 떨어지길 바라며
낙화한 꽃과 함께 사라지고 싶었다

겨울이 추웠던 게 다가올 봄에
네가 없으려고 그랬나 보다
봄이 와도 여전히 추웠던 이유가
따뜻한 네가 없어서였나보다
봄날의 꽃이 아름답지 않았던 이유가
내 세상에 아름다움은 너 하나뿐인데
아름다움을 가진 네가 나를
떠났기 때문이었나 보다.

절대 돌아보지 마세요

기억이라는 게 말입니다
지우려 잊으려 하면 할수록
더 선명해지는 법입니다

어떨 땐 그 공기와 온도까지 기억나서
숨이 막힐 때가 있거든요
나는 여전히 당신 꿈을 꾸고 있습니다

뒤돌아선 당신의 옷자락을 붙잡고 당기면
내게 당겨져 안기는 당신 꿈을요

잊으라 한다고 잊히겠나요?
그리 쉽게 잊힐 기억이었다면
이리 깊게 새겨지지도 않았겠지요

그래도 돌아보지 마세요
돌아보는 순간 기억은 배가 되고
그때부터 저는 더 힘들어질 뿐입니다

이대로 쭉 언젠가는 모든 게
희미해질 때까지 있겠습니다
그러니 각자의 길을 가기로 합시다

당신은 그 길로 걸어 나가고
나는 이 길에서 머무르며
우리는 마주칠 일이 없어야 할 겁니다
반드시요.

침몰

나의 침몰은 이미 예상된 결과였다
폭풍우 속에 난파되어버린 내가 할 수 있는 건
남겨진 너의 흔적을 붙잡고 캄캄한 감정의 바닷속
깊이 아주 깊이 잠기는 것밖에 없었으니까

그 속에서 내가 잔해(殘骸)가 되어있더라도.

이별을 쓰는 이유

이별 내가 그것에 대해 글을 쓰기 시작한 것은
나를 처절하게 무너지게 한 것이 도대체 어떤 것인지
내 두 눈으로 확인하기 위해서였어

이별을 써 내려가며 나는 더 확신하게 되었거든
이것만큼 인간을 나약하게 만드는 것은 없다는걸

어디까지 무너질지 예측조차 하지 못하고
무너짐을 막을 수조차 없는 잔인하기 짝이 없는
세상에서 가장 아련하고 슬픈
하기 싫지만 결국에 할 수밖에 없는 것

살아가며 수도 없는 이별을 하게 될 테지만
그것을 막을 방법 따위는 없어 그저 무너지면 무너지는 대로
아프면 아픈 대로 아파할 수밖에

그러다 지쳐 쓰러질 때즈음 사랑이 찾아올 테고
그 사랑을 하는 동안은 이별을 잊고 살아가겠지

하지만 결국 이별은 다시 내게로 돌아오고 죽는 날까지
이것을 반복하게 되겠지

그러다 내 숨이 다하는 날 비로소 이별과 이별하게 될 거야.

이름 모를 가로등은 그림자를 비춘다

초판 1쇄 인쇄	2023년 11월 13일
초판 1쇄 발행	2023년 11월 28일

지은이	김새운 하현태 여휘운 황수영 도승하
펴낸이	이장우
편집	송세아 안소라
디자인	theambitious factory
마케팅	시절인연
제작	김소은
관리	김한다 한주연
인쇄	금비PNP
펴낸곳	도서출판 꿈공장플러스
출판등록	제 406-2017-000160호
주소	서울시 성북구 보국문로 16가길 43-20 꿈공장 1층
이메일	ceo@dreambooks.kr
홈페이지	www.dreambooks.kr
인스타그램	@dreambooks.ceo
전화번호	02-6012-2734
팩스	031-624-4527

ISBN	979-11-92134-53-6
정가	13,800원